恋文屋さんのごほうび酒

神楽坂 淳

角川文庫
22646

目次

さくらと貝飯

ぱらぱらと雨が降ってきた。

手鞠《てまり》は足をとめると、空気の匂いをかいだ。雨の匂いはしない。空気は乾燥しているから、これは空の気まぐれだろう。

いい天気で太陽が照っているのに雨粒だけが落ちてくる。

狐の嫁入りというやつだ。これがもう少ししっかりと降ると、湿気た空気に梔子《くちなし》の香りが混ざって風情も出るのだが、そこまでの雨ではない。

空気の匂いも変わらないし、すごく濡《ぬ》れるわけでもないから害はない。これが空気の匂いがぎゅっと濃くなったら本降りの予兆である。屋根のあるところに逃げないといけない。

多分そうはならないだろうが、一応早く店につこう。

手鞠は足を早めた。

正面から笹を肩に担いだ男が歩いてくる。

「笹ぁぁぁぁぁ。短冊ゥゥゥ」

のんびりとした声を出している。

いまは七夕の少し前だから、笹売りが稼ぎ時だ。といっても一年に一回しか買わないものだから、すごくたくさん売れるわけでもない。

笹売りにも縄張りというものがあって、どこにでも売りにいくわけではない。季節だけ売る「季売り」は同じ人間が季節ごとに売るものを変えていることが多い。

笹売りは笹に限らず、いつも「日本橋《にほんばし》でなにかを売っている」商売なのである。

「繁盛してるかい。手鞠ちゃん」

笹売りの小市《こいち》が、嬉《うれ》しそうな顔で近寄ってきた。こんな顔をする時は誰かの噂話がしたい時に決まっていた。

「なんだかんだと代書屋っていうのは必要ですからね。しかもいまは七夕前だし」

手鞠は代書屋である。代書屋というのは書類や手紙を代筆する仕事である。

といっても正規の代書屋ではない。正規の代書屋は公事宿《くじやど》というところで、幕府の書類を書く仕事をしている。

手鞠のような民間の代書屋は、ちょっとした手紙の依頼が多い。細々とした時候の挨拶《あいさつ》から身元保証の書類まで、なんでも書くのが仕事だ。

ただ七夕の時期は少し違っていて、一年で一番「恋文」の依頼が多い。

みんな七夕に恋をかなえたいのだろう。

「ところで呼び止めるからには、何かご用があるんじゃないですか」

手鞠が水を向けると、小市は、まってましたとばかりに身を乗り出した。

「八百屋の平治《へいじ》がさ。耳かき屋の桜《さくら》ちゃんに惚《ほ》れてるっていうんだよ」

「え。本気ですか」

耳かき屋は最近じわじわと出てきた仕事だ。もともとは神田《かんだ》の紺屋町《こんやちょう》に一軒だけあったのが、繁盛したので増えてきた。

紺屋町の店は初老の医者だったのだが、最近出てきた店は若い娘が膝枕《ひざまくら》で耳垢をとってくれるということで繁盛している。

桜というのは大伝馬町《おおでんまちょう》の裏店《うらだな》でやっている耳かき屋の看板娘だ。年は十八で、桜のためにわざわざ本所《ほんじょ》や内藤新宿《ないとうしんじゅく》からも客が来るという。

それだけに、そこらの男が射止めるのは難しそうに思われた。

「本気らしいからさ。近々手鞠ちゃんに相談がいくんじゃないかな」

「相談って言ったって、わたしは縁結びの神様じゃないんですよ。わたしに相談するのはお門違いじゃないかしら。そもそもさ。なんだってそんなに熱をあげてるんですか」

「それがよ。桜ちゃんのほうから気のある素振りの手紙がきたんだってよ」

「……そうなんですね」

思わず笑顔が引きつった。桜に頼まれてその手紙を代筆したのは自分だ。確かに気のある素振りの手紙を書いた記憶がある。

まさか知り合いが引っ掛かるとは思わなかった。

「まあ、話ぐらい聞いてやんな」

そういうと小市は去っていった。

狐の嫁いりはこれか。

良いにせよ悪いにせよ、なにかの変化の前ぶれだという。

ため息をつくと、手鞠は自分の仕事場へと足を運んだのだった。

「代書屋」の「代風堂《だいふうどう》」は日本橋の通町《とおりちょう》南《みなみ》一丁目にある。南一丁目には筆屋もあるし、墨所もある。四丁目には硯屋《すずりや》もあるから、代書屋としてはいい場所だ。

通町は、筆や墨、硯、紙などを扱っている店が多い。なので町全体に書き物の香りが溢《あふ》れかえっている。

手鞠はこの町の匂いが好きだった。なんとなく気持ちが落ち着くのだ。

「代風堂」とある暖簾《のれん》をくぐると、墨の匂いがした。

「こんにちは」

挨拶をすると、店の中から店主の友蔵《ともぞう》が出てきた。手鞠の雇い主である。まだ二十四歳と若いが、しっかりと店を切り盛りしている。

雇っている代書屋は四人。三人は男で、女は手鞠だけだ。

他の三人はもう来て奥で仕事をしているようだった。墨をする音が聞こえてくる。音は人によって違うから、音を聞いただけで誰がすっているかわかる。

「遅れてすいません」

謝ると、友蔵は首を横に振った。

「始業の刻限まではまだあるからね。それより、今日も手鞠ちゃんじゃないとできない仕事がたっぷりと舞い込んでるよ」

「それってまさかと思うけど恋文ですか」

「そうだよ」

友蔵が当たり前のような顔をして言った。

「ひとつ言っておきますけど、わたしの仕事は代書屋であって、恋文を代筆する仕事ではないんですけど」

「そんなこと言わないでおくれよ……。仕事には違いないだろう」

「中身を丸ごと自分で考えて書くのは代書とは言いませんよ」

「依頼があるんだからなんでもいいだろう」

友蔵は取り合ってくれる気はないらしい。

「ところで、今日は外出の仕事は入っているかい？」

「忘れたんですか。葺屋町《ふきやちょう》まで手紙を書きにいけって言ってたでしょう。しかも暮れの六つ（午後六時ごろ）に」

「そうだったね」

「女一人で葺屋町まで行きますよ」

ちくりと言う。危ない町ではないが、よっぱらいは多い。

「大丈夫。いつもの二十四文ではなく、今回は四十文は出すからね。割の良い仕事だろう」

代筆の料金は大体八文から十六文だ。ただし、もとの文章がない物をこちらで勝手に考えて書くとなると、二十四文はかかる。特別な紙を使えば紙代もかかる。

自分で書けば四文としないところを随分な出費である。しかも四十文も出すなら相当期待をこめている。

「夕方までは普通に仕事しますね」

そう言うと、友蔵が少し嬉しそうな顔をした。

「そうしてくれると助かるよ。手鞠ちゃん向けの仕事がたっぷり溜《た》まってるから」

「一体全体、どうしてこう誰も彼も恋文を人に書かせたがるんですかね。こういうのは真心だと思うのはわたしだけでしょうか」

「きれいな字で書いて見栄をはりたいんだよ。わかってやってくれ。それに遊女や芸者なんかはたくさん書くからね。一人では手が回らないんだろう」

「たしかに客に愛敬《あいきょう》を振りまくには手紙がいいですからね。おかげで最近じゃ恋文屋なんて呼ばれて迷惑してるんですけど」

「そんなに迷惑かな」

「別にいいんですけどね。わたしは独り身ですから。でも他人の恋の橋渡しばかりして、自分には何の出会いもないって少し悲しいですよ」

「出会いがないこともないいんじゃないかな。手鞠ちゃんはいい女だし」

友蔵が遠慮がちに言う。

「そういう慰めはいりませんよ。大体ですね。本当にいい女だと思ってるんだったら、まず最初に自分が口説くもんでしょう。俺のところに嫁に来いとでも言うならまだしも、全然自分ではそんな気のない人にいい女だしなんて言われても信じられないです」

「俺のところに……」

「いいからさっさと仕事をくださいな」

手鞠はわざと素っ気なく言った。

「はいはい。悪かったよ」

友蔵は言葉を引っ込めると、手紙の束を手鞠の前に積んだ。全部で二十通以上ある。しかも依頼人は全部同じ、耳かき屋の桜であった。

「またですか。いったいどのくらいの男に手紙を書けば満足なんでしょうか」

この分量はなかなかのものだ。自分の手元に常連客をがっちり捕まえておこうという気概を感じる。

手紙には大した文面がなかった。その代わり、話した時の特徴や着物の良かった部分など、相手を褒める要素が書いてある。

その言葉を中心において手紙をかけということだろう。

さらに、天紅もお願いします。と書いてある。

天紅というのは、手紙に封をする時に口でくわえて、口紅を手紙の封に使うことである。色気があるので水商売の女はみんなこれをやる。

ここまで人任せにするのは潔いといえた。

それにしても、耳かきはそれなりに高額とはいえ四十八文。手紙の代金は二十四文かかる。半分を手紙代にして元が取れるのだろうか。

桜の手紙はまさに気のあるそぶりで、客として来てくれと言うよりも嫁にしてくれと言うふくみの手紙だ。

そうやって金を巻き上げているのだろうか。しかし、耳かき代以外を巻き上げるという店の話は聞かない。

もしかしたら何か訳ありの娘なのかもしれない。

一度に二十通となるとそれだけである程度の稼ぎにはなる。いずれにしても、手鞠からすれば上客には違いない。

手鞠の賃金は書いた手紙の数で決まる。一通二十四文以上の手紙の場合友蔵に八文の仲介料を払う。いくら手紙の費用が高くてもそれ以上はあがらない。四文の手紙なら仲介料は一文だが、それでは大した稼ぎにならない。

　手鞠は割のいい仕事を多くやっているから、一日に二百文から三百二十文程度にはなる。大工の日当の半分くらいの賃金だが、一人で暮らすには不自由はなかった。

代筆の仕事で大切なのは、依頼人の事情に踏み込まないことと、手紙の内容を決して口外しないことの二つであった。

　全部書き上げてしまうと、手鞠は昼を食べるために立ち上がった。

「お昼を食べてきます」

「付き合おうか」

　友蔵が言う。

「いいですよ。雇い主と昼を食べても気を遣ってしまいますから」

　そう言って断ると、店から出た。

　さて、なにを食べよう。

　通町は食べ物屋が少ない。饅頭《まんじゅう》屋があるくらいだ。少し歩けば鰻《うなぎ》屋があるが、そんな気分でもない。

　かといって昼の蕎麦《そば》屋は男だらけで雰囲気が悪い。女の場合は煮売り屋でなにか買って帰ることの方が多いだろう。

仕方がないので西河岸《にしがし》の小倉野《おぐらの》にまで足を運ぶ。

歩いてすぐなので行きやすい。

「こんにちは」

声をかけると、五十がらみの店主の喜六《きろく》が顔を出す。

「いらっしゃい。飯だね」

小倉野は小豆餅《あずきもち》の店だが、飯も出す。この店は赤飯が美味《おい》しい。というよりも赤飯しか置いていない。

菓子が中心なので、女性客も多い。女性客が多いせいか男の客があまりいないので落ち着いて食べられると隠れた人気店であった。

しばらくすると飯が運ばれてきた。赤飯と、白瓜《しろうり》を刻み込んだ味噌《みそ》。それから、冬瓜《とうがん》の浮いたすまし汁である。

この季節はどこの料理屋も冬瓜だ。夏の冬瓜はさわやかで風味もいいからだ。

白瓜のしゃくしゃくとした感触が、もちもちした赤飯にはよく合う。味噌のほうもやや甘くて、赤飯の甘味と相性がいい。

すまし汁は塩味が強くて、赤飯と味噌で甘くなった舌を引き締めてくれる。

あっという間に食べ終わってしまった。

「ごちそうさま」

そう言って三十六文置く。

「あいよ。また来てくんな」

喜六の声に送られながら外に出た。

雀《すずめ》が元気に鳴いているのを聞きながら店に戻る。

「おかえり」

友蔵が声をかけてきた。

「暮れ六つになったらここに行っておくれ」

友蔵が出してきた紙には簡単な地図と住所が書いてあった。

「葺屋町にあるふじやっていう干《ほ》し葡萄《ぶどう》屋だよ」

「若旦那《わかだんな》かなにかを訪ねるんですか?」

「手代の定七《さだしち》って人だよ。耳かき屋の桜ちゃんに手紙を書いて欲しいそうだ」

「またですか……。わかりました。それにしても、葺屋町なら暮れ六つはまだ稼ぎどきでしょう。お店にお邪魔して良いんでしょうか」

葺屋町は普通の町と違って芝居茶屋が多い。

暮れ六つとなると、普通の商店は閉まる時間である。しかし、芝居茶屋は違う。

芝居を見るために一泊する女性が多い。日の出と同じぐらいの時間から始まって日が暮れるまで興行をやっていることがほとんどだからだ。そのために自分の贔屓《ひいき》の役者を追いかけるためには、どこかに泊まらないといけない。

運よく親戚《しんせき》でも近くに住んでいればいいのだが、実際にはそううまい話もない。

そこで登場するのが芝居茶屋である。

芝居茶屋は飲み過ごしたという理由で泊まることができる。そして夜明けから芝居を見に行くのだ。

だから葺屋町にかぎっては、暮れ六つからは泊まりにきた女性客でにぎわう。酒も料理も出すから、暮れ六つに手鞠に来て欲しいというのは不思議である。

むしろ朝の方が暇なのではないかと思う。

「夜道が心配ならついていってもいいよ」

「いいですよ。別に。葺屋町は女通りが多いですから」

言いかけて、ふと友蔵の机の上を見る。竹皮に包まれた団子が並んでいるのが見えた。

「浮世《うきよ》団子《だんご》なんて買ってきたんですね」

浮世団子は室町《むろまち》にある団子屋だ。浮世の辛《つら》さを忘れるほどうまいという謳《うた》い文句《もんく》の団子屋である。

前々から食べたかったが、いつも混んでいるので手に入れたことはなかった。

「今日はたまたま手に入ったんだよ。ふたり分あるから食べないかい」

「ありがとうございます」

手鞠は素直にもらうことにした。

浮世団子は表面に餡子《あんこ》が塗ってある。加の古という種類の団子らしい。

団子の方には少し塩が練り込んである。塩辛い団子と甘い餡子の組み合わせがまさに浮世を忘れるほど美味しかった。

「それにしてもこうも依頼が多くては困りますね。耳かき屋の桜という娘に会いたいです」

「頼んできたお客さんに直接会うのはいいこととは言えないね。一体どうしてそんなことを言いだすんだい」

友蔵は困惑した表情を見せた。

「どうもこうもないですよ。彼女に頼まれて書いた手紙に男が引っかかって、その返事を書くのもわたしなんですよ。こんなひどい話がありますか。一体全体どうしてこんなにまめに手紙を出すのかぐらい聞かせてもらってもいいと思います」

それから手鞠は改めて友蔵に言った。

「まさか、注文が多いから、なにもかも目をつぶろうって言うんじゃないでしょうね」

「そ、そんなことはないよ……」

友蔵は首を横に振った。しかし明らかに図星である。注文が多いから後のことは放置しようという考えだ。

「いくら注文があるからって、仁義というものがあるでしょう。男を惑わせるために手紙を書いてるんだとしたら、下手をしたらこちらだってお縄になるのですよ」

奉行所は公序良俗の乱れには案外うるさい。これがばれたら何日か牢屋《ろうや》に入ることになったとしても文句は言えないのだ。

「よく考えれば、確かにそうだな」

友蔵はなんとなく怖くなったようだ。

「だから、桜さんに会わせてください」

「揉《も》め事《ごと》は起こさないでくれよ」

「起こすわけないでしょう」

「確かにそうだな。手鞠ちゃんが揉め事を起こすとは思えない」

「ですからお願いします」

「わかった」

友蔵から言質をとったところで、刻限までは店で仕事をすることにした。

代書屋の仕事は、何と言っても墨をすることである。手紙を書いてる時間よりむしろ長いかもしれない。

大量に墨をすっておいてもいいのだが、それだと途中で墨が悪くなる気がする。

それに、手紙に合わせて使う墨が違う。墨には香料が入っていて、基本は六種類。

手鞠は自分用の香料も持っているから、十種類の墨があるのだ。

事務的な手紙のときは、白檀《びゃくだん》の香りを選ぶことが多い。すっきりとしているし、
堅苦しすぎないからだ。

墨をすって手紙を書く。今日は調子がいい。長い時間書いていて、背中が疲れる
ときは調子がいい。反対に手首や腕が疲れるときは調子がよくない。

「そろそろ時間だよ」

友蔵が声をかけてきた。

「では行ってきます」

友蔵に頭を下げた。

店から出ると、夜の匂いがした。蠟燭《ろうそく》と油の匂いである。蠟と菜種油と鰯《いわし》の油の匂いがいりまじっている。

あちこちの店先や地面の上におかれた提灯《ちょうちん》が夜の雰囲気を出していた。

代風堂から葺屋町まではわりと近い。江戸橋《えどばし》を渡ればすぐである。江戸橋は米河岸だ。橋を渡ると米と鰹節《かつおぶし》の匂いがする。

米とともに乾物を扱っている店が多いから、空気の中に米と鰹節の匂いがするのである。左をみれば魚河岸《うおがし》だが、この時間は閉まっている。

江戸橋を渡るとすぐに右に折れて、荒布橋《あらめばし》、親父橋《おやじばし》と渡ると葺屋町である。

暮れ六つとなると、普通の町ならもうあかりも消えていて歩いていてもかなり暗い。しかし、葺屋町のあたりは提灯の明かりでかなりきらきらしていた。

なんといっても中村座《なかむら》、市村座《いちむら》という江戸三座のうちふたつも抱えているのだ。

だから夜でも人通りは多い。

親父橋を渡ると、芝居とは関係なく、飲んだくれている男連中がいた。こちらはいかにも時化《しけ》た顔をしている。

このへんは口入屋が多い。仕事を求めてきて失敗して、やけ酒を飲んでいるに違いなかった。そこを通りすぎるとすぐに葺屋町だ。

この辺りの提灯は桃灯《ももとう》といって、役者の絵が描いてある模様入りの提灯だ。夜になっても道のあちこちに桃灯がおいてあって、いかにも騒がしい。

店の数もなかなかのものだが、あちこちで屋台も出ていた。夜明けから芝居が始まるので、それまで一杯飲んで寝てしまおうという女性で賑《にぎ》わっている。

どうしても一杯飲みたくなってしまうような光景だ。屋台というのは酒にあうものを出すことが多い。

だから酒が好きな人間にとっては葺屋町はなかなか手強《てごわ》い町であった。

なんとか誘惑に打ち勝って店につく。

「ふじや」は、富士山の形をかたどった図案に藤のツタがからみついた看板であった。

中に入ると、干し葡萄の甘い香りが店の中に漂っている。奥の方には店の者が二人いた。

「なにかお探しですか？」

「定七さんという方はいらっしゃいますか」

「あ。もしかして手鞠さんかい？」

「はい」

「俺が定七だよ。それにしても、こんなに若くてお綺麗《きれい》な方がくるとは思わなかったよ」

「あら、いきなりお世辞を言わなくても大丈夫ですよ」

手鞠がやや冷たく言った。こうしておかないと、言い寄られることが少なくない。恋文の代筆において一番警戒すべきなのは、依頼人に言い寄られることなのだ。他の女に恋文を書いてる最中に別の女に言いよるというのはいかがなものか、と思う。だが、男というのはそういうところがあるらしい。別腹というやつだ。

「それで、どのような手紙を書けばいいのですか」

あくまで仕事ですよ、という声を出す。

「手紙のお返事って言うかさ、今度一杯どうかなって、桜ちゃんを誘う手紙を書いて欲しいんだ。何て言うか、感じのいいやつをな」

「もとの手紙を見せてもらっていいかしら」

「これだよ」

定七が持ってきたのは、紛れもなく手鞠が代筆した手紙だった。この手紙の返事も自分かと思うと少々気が重い。

何を書いたかも覚えている。今度良かったらどこかに誘ってくれ、という内容の手紙である。誘わせておいて、都合が合わないから店に来てくれ、と言うための常《じょう》套句《とうく》だ。

引っかかる男も問題だが、引っ掛ける女はもっと問題である。

「それで、具体的にはどこに誘うんですか」

「そうだな。柳橋《やなぎばし》の梅川《うめかわ》にでも誘おうかと思うんだけどどうかな」

「どうって、初めてが梅川ってのはやりすぎじゃないですか」

梅川というのは柳橋にある料理茶屋の中でも結構名前が響いている。いきなりそんな店に誘われたら、いやでも警戒するというものだ。

「初対面でいきなり夜の相手に誘われそうでいやですよ」

「しかし、会いにくるということは、もう俺とねんごろになりたいということじゃないのか」

「そんなことあるわけないでしょう。いい人かどうか見物に来るんです」

「俺はもう夫婦になってもいいんだがな」

「そんなこと言ってるとふられますよ」

「だめなのか」

「だめです」

きっぱり言うと、手鞠はため息をついた。男でも女でもそうだが、会う前から頭の中で子供を授かるところまで考える人がいる。

仲良くなる手前からはるか先まで考えているから話がかみ合わない。本人としては善意で考えているからなかなかやっかいである。

「ではどこに行けばいいんだ」

「とりあえず団子屋でもいきましょう。明るくて人の多いところ」

「それじゃ雰囲気が出ないだろう」

「初対面で雰囲気を作っては駄目ですよ。それは雰囲気の押しつけです」

そう言ってから、なんだかうまくいくように相談に乗っているようだと思った。

これはそもそもうまくいく話ではないのだから相談に乗ってはだめだ。

しかし、目の前の定七は真剣そのものの表情をしている。

「いったいなんだって、あの娘が好きなのよ。こう言ってはなんだけど、あちらにとってはただのお客さんだと思いますよ」

「そいつは分かってるよ。でもな、あの娘は本当にいい娘なんだ」

「どうしてそう思うんですか」

「目だよ。とても綺麗な目をしている」

いくらなんでも目はないだろう。手鞠は思う。つまり見た目以外なにも思っていないと言っているのも同じだ。

やはり桜と直接会ってみるしかない。このままいくと、手鞠の手紙による被害が果てしなく広がっていくに違いない。

「手紙は書きますが、効果の責任は持ちませんよ」

そう言って念を押した。

「それでどうするんですか。梅川でいいんですか」

「いや、団子にするよ。確かにいきなり梅川は重いかもしれないからな」

「ではそれで書きますね」

そう言うと、手鞠は筆を手にとった。男の字だから、少々太い筆を選ぶ。単なる代書であれば綺麗ならどんな字でもいいが、恋文となると少し違う。いかにも女の字で男からの手紙を書くわけにはいかない。

依頼人の雰囲気で字を決めるのである。

目の前にいる定七は、手鞠の見るところ、やや見栄っ張りで、かといって中身の部分で胆力があるほうではない。言ってしまえば上辺だけというところだろう。そうは言ってもそれが悪いわけではなくて、世渡り上手という感じはする。

だから決して力強くもなく、かといって弱々しくもない、言ってしまえば個性がありそうでなさそうな字が良さそうだ。

無難な形で団子屋に誘う手紙を書くと、定七に渡した。

「これでいいでしょう」

定七は満足したらしかった。

「これは心づけです」

そういうと、手鞠に一朱渡してくれた。

「これでは料金よりずいぶん多くなってしまいます」

「いいんだ。団子屋に誘えって言ってくれて嬉《うれ》しかった」

「ありがとうございます」

なかなか世慣れているようだ。それなのに、どうして見え見えの手口に引っかかってしまうのだろう。もしかしたら娘の側が凄腕《すごうで》なのかもしれない。

ますます桜に会ってみる必要がありそうだった。

「干し葡萄を少しいただけますか」

小ぶりの袋に少し入れてもらうと店を出た。

茸屋町はまだまだ元気で、あちらこちらの店に客がいる。丁度お腹もへってきたので、ここらで夕食を済ませることにした。どの店に入るかが重要だ。人があまりにもいない店はなにか問題がありそうだ。かといって人が多すぎる店も落ち着かない。

屋台の場合は、店主の顔を見て決めることにしている。顔があんまり険しいと、味はいいかもしれないが、食べ方にまで注文をつけてくる場合がある。

かといって、あまりにもゆるい顔だと料理が雑だったりする。

手鞠は、ほどほどの顔を選ぶことにしていた。しばらくあちこちを見て回ると、具合の良さそうな店を見付けた。

暖簾《のれん》に「ややからい」と書いてある。どうやら辛いつまみを用意してあるらしい。入ってみなければ店の味は分からないから、屋台などは自分の店の特徴をのぼりに書いてたてることが多い。

旨《うま》い、だと普通すぎるから「やや辛い」としたに違いない。客の入りはそこそこ。表情を見ている限りはなかなかよさそうだった。

「一人だけどいいですか」

声をかけて入る。

「あいよ。明日は芝居かい？」

店主が愛想よく聞いてくる。いかにも女客に慣れている腰の低い対応だ。居心地はよさそうだった。

「この辺に用事があってきたの。芝居ではないですよ。とりあえずお酒と、今日のおすすめを何か適当に見繕ってもらえますか」

「うちのつまみは少し辛いけど大丈夫かい？」

「辛いの好きだから平気です」

「じゃ、辛味豆腐からいくかな」

そういうと、店主は料理と酒を持ってきた。

辛味豆腐は、温めた豆腐の上にシジミを甘く煮たものが載せてある。その上に、辛子、山葵《わさび》、生姜《しょうが》、唐辛子、葱《ねぎ》と載っている。そして醬油《しょうゆ》がかけてあった。

少し温めた酒といっしょに出てきた。

「これは少々品なく全部混ぜた方が美味《おい》しいよ」

言われた通り全部混ぜる。辛い薬味が全部混ざった上にシジミの甘さが加わって、なんだか混沌《こんとん》とした味である。

そして豆腐の味がずいぶんと濃い。そのおかげでばらばらの味が豆腐に受け止められて不思議に美味しい。

これはまさに、「行儀の悪い味」というやつだ。お上品に食べていては真価がわからないのであって、全部混ぜて食べてはじめて美味しい。

そして口の中が辛くなったところに酒を入れる。

酒は江戸の酒で、かなり甘い。すっきりとした酒は、上方から取り寄せるしかないのだ。しかしここの辛い料理は江戸の酒とよく合っていた。

いいね、いいね、と頷《うなず》きたくなる。

「次はこれだ」

店主が出してきたのは、鰹《かつお》だった。味噌《みそ》と白瓜《しろうり》で鰹をあえてある。

食べてみると、味噌に唐辛子が混ざっていて、なかなか辛い。しかし味噌自体は旨味はあるが塩気が少なくて食べやすい。

「これは三河《みかわ》の赤味噌でね。まるやってところから取り寄せてるんだよ」

店主が自慢気に言った。

味噌と鰹と唐辛子がうまくまざって酒が進む。白瓜も、さっぱりとした風味が名わき役としての存在感を出している。

「うまいいいいい」

小声でつぶやく。「美味しい」ならともかく「うまい」は大声でいうのははしたなくてはばかられるが、この味はやはり「うまい」のほうなのである。

鰹の味は癖になりそうな美味しさだ。どうあっても酒を飲ませようという気持ちを感じてしまう。

あっという間に一合徳利《どっくり》が空いてしまう。

「おかわり」

「二合いっとくかい？」

「お願いします」

返事をすると酒を待つ。店主は酒と一緒に大福を持ってきた。

「大福？」

「まあやってみな」

言われるままに食べる。ぴりりとした味が口の中に広がった。同時にさくさくとした感触が口の中に広がる。

どうやら、筍《たけのこ》を茹《ゆ》でてから、細かく刻んで味噌と唐辛子であえたらしい。

「筍大福っていうんだ。いいだろう」

「ええ。すごく美味しいです」

一口かじってから酒を喉《のど》に流しこむと、酒が五臓六腑《ごぞうろっぷ》にしみわたる。

「生きてるって味がする」

一日の仕事を終えて一人で一杯やるとき、手鞠はとにかく幸せである。二人で飲むのもそれはそれで楽しいが、一人酒の楽しさとは絶対に違う。

どんなに仲良しでも、やはり誰かと飲むと気を遣う。

このつまみは全部食べていいのか。

酒はほどほどにしておいた方がいいのか。

自分のわがままで好きなように食べて、飲むためにはどうしたって一人で飲むしかない。そして一人酒の味は何よりも美味しいのである。

一人であおる一杯は素直に五臓六腑に響く。この幸せは何物にもかえがたい。

「いい飲みっぷりだねえ。こいつも食べないか」

店主がさらにつまみを出してきた。

「これは何ですか」

「がんもどきさ」

店主は自信ありげな表情をしている。

がんもどきというのは、具を豆腐で包んで揚げたものだ。豆腐で作った揚げ饅《まん》頭《じゅう》というのが早い。

中の具をどうするかというのが店の腕の見せ所である。

一口食べると、ピリッとした辛さとともに、あまり食べたことのない味がした。しっかりとした旨味の魚である。

味としては鮪《まぐろ》に近いのだが、どこか違う気がする。脂がとろりとしていて、舌の上で溶けるようだ。豆腐が脂の味を包み込んでくれている。

美味しい。

何よりとてつもなく酒に合う。

「これってなんですか」

「鮪だよ」

「鮪ってこんな味ですか？　なんだか脂が濃いですよ」

「これは鮪の脂身の部分なんだ。普通脂身は捨てちまうんだけどさ。食べると旨いんだ」

「たしかにそうですね。どうして捨てるんですか？」

脂っこいといえばたしかにそうだが、この脂はそんなに気にならない。蒸して少し脂を抜いてから醤油につけて、胡椒《こしょう》をまぜてあるようだ。

鮪と胡椒といいうのはいい組み合わせらしい。山椒《さんしょう》よりもいい感じである。

「脂身はすぐ腐るからさ。食べられるようなものを買うのは大変なのさ。でもたまに出てくるとこうやって出す。あんたついてるよ」

確かに鮪の脂身は見たことがない。今日はついてると思っていいだろう。

酒をあけてしまうと元気が出た。

細かいことを考えても仕方がない。まずは耳かき屋の桜に会うことだ。憶測であれこれ考えても意味がない。

「ごちそうさま。ありがとう」

「あいよ。気をつけて帰るんだよ」

声をかけられつつ、代金を払って店を出た。

葺屋町を出ると、家のある平松町《ひらまつちょう》までゆっくり歩いた。平松町は代風堂の店のすぐそばで、聖天稲荷《しょうてんいなり》のそばにある。

夜は物騒だとは言うが、この辺りはそんなに危ないわけではない。確かに道は暗いが、提灯《ちょうちん》を出している店もぼちぼちある。

手鞠自身は危険な目にあったことはなかった。

ごん、ごん、ごん、と捨て鐘の音がした。

暮れ五つ（午後八時ごろ）の鐘である。もうしばらくすると木戸が閉まってしまって移動するのが面倒になる。さっさと帰らないといけない。

歩いてると、ごおん、と鐘の音がした。本物の暮れ五つの鐘だ。

少し足を早める。

そんなに遠くないから、すぐに家にはついた。

さっさと寝て朝風呂《あさぶろ》に入ろうと決める。

行灯《あんどん》に火をつけると、着替えだけ手早くすませる。寝巻になると火を消して、すぐに布団に潜り込んだ。

行灯の油は高い。鰯の油を使えば多少は安上がりなのだが、臭いが悪いので手鞠は菜種油を使っている。

手鞠の生活の中では、これが一番の贅沢《ぜいたく》といえるだろう。

もったいないので、着替えの間だけしか行灯はつけないようにしていた。

酒も入っているから、眠るまではあっという間だった。

ごおん、という朝の鐘の音で目が覚める。多分明け六つ（午前六時ごろ）の鐘だ。

そろそろ風呂屋が開くのでさっぱりしてから桜のもとを訪ねることにする。

手早く着替えると、まずは銭湯を目指す。普通の銭湯か、女風呂か迷う。普通の銭湯なら八文。女しかいない女風呂なら十六文である。

普通の銭湯の大きな問題は、朝行くと同心が入りにくることだ。昔から同心は女風呂に入ると決まっている。

最近は同心も男湯に入るようにとお達しが出ているらしいのだが、守らずに女湯に入ってくる同心も少なくない。

じろじろと裸を見られるわけではないが、あまり落ち着かない。中には、さまざまなお目こぼしを狙って、同心のいる時間に入りにいく者もいるが、手鞠にそんな意図はない。

やはり女風呂に行こう、と決める。銭湯なら風呂道具が必要だが、女風呂は手ぶらでいっても平気だ。手拭《てぬぐ》いからなにから全部そろっている。

なので値段は高いが人気であった。

平松町の近くでは、岩倉町《いわくらちょう》に女風呂がある。歩いてすぐだから手軽であった。

到着すると、十六文払って中に入る。銭湯の中には八人ほど先客がいた。

「おはよう」

芸者の勝音《かつね》が声をかけてきた。

「おはようございます」

常連の顔ぶれは決まっているから、顔みしりの客もおのずといる。女風呂は芸者が入っていることが多くて、手鞠の客もよく入ってくる。

勝音は手鞠のことを可愛がってくれている姐《あね》さんで、年齢は三つ上である。

「この間の手紙はありがとうね。助かったよ」

「いえいえ。役に立ったならよかったです」

「手鞠の字は綺麗《きれい》だからね。客の受けがいいんだ」

「ありがとうございます」

挨拶《あいさつ》をしてから、ふと、勝音は桜のことを知っているかもしれない、と思った。

何と言っても顔の広い姐御《あねご》だ。

「勝音さんは、人伝馬町の桜って耳かき屋をご存じですか」

「知ってるよ」

勝音があっさりと答えた。

「どんな人ですか」

「いい子だけどね。何かあったのかい」

「実は、いろんな男の人に気を持たせるような手紙を書いてるんです。それに浮かれた男の人が手紙を返すんですが、どちらもわたしに頼んでくるんですよね」

つい喋ってしまった。手鞠が言うと、勝音は声をあげて笑った。

「そいつは災難だね。でもさ、桜は裏表のある娘じゃないよ。言葉で言われてもわからないだろうから、とにかく会ってみなよ」

「ええ、これから訪ねる予定なんです」

「あとで場所は教えてあげる」

「ありがとうございます」

どうやら勝音は桜に好感を持っているらしい。好き嫌いの激しい勝音に好かれるのであれば、悪い娘ではないのだろう。

「それよりさ、今度また代筆を頼みたいんだけどいいかい」

「何時でも大丈夫ですよ」

「最近贔屓《ひいき》にしてくれてる旦那《だんな》がいるからさ。良い手紙を書きたいんだよ」

芸者にとっては手紙は大切である。地道な心配りが客を呼ぶのだ。

「勝音さんくらいになれば手紙はいらないような気がしますよ。ほうっておいてもお呼びがかかるのではないですか？」

「だめだめ、そんな気持ちでいたらすぐにお客さんが逃げちゃうよ」

それから勝音は真面目な顔で手鞠を見た。

「あたしたちの挨拶は、いつだってごめんなさい、ありがとう、この二つなんだ。

いつだって呼んでいただく立場なんだよ。どんなことがあっても行ってやっているなんて勘違いを起こしてはだめなんだ」

たしかにそうだ。代書屋にしても、「書いてやってる」と思って仕事をしている人はいる。そういう人はだんだんと不満が溜《た》まってやめてしまう。

お客さんがいてありがたい。そう思う人が続くのだ。

「そうですね。思い上がりはいけないですね」

「うん」

「ところで、勝音さんは耳かきをしてもらったことはあるんですか」

「あるある。気持ちいいよ。あんたもやってみるといい」

そう言われると、どんなものか興味がある。まずは、客として桜のもとに行ってみるのがいいかもしれない。

「どうやって約束をすればいいんですか」

「桜の母親が受け付けてるのさ。あたしが紹介してあげる。じゃあ、さっさと風呂に入ろうじゃないか。女風呂は時間かかっちまうからね」

銭湯はさっと体を洗って出ていく場所だから、あまり長居はしない。湯の温度も高いから、長く浸《つ》かるのも難しい。

その点女風呂は、湯の温度が低いから長く湯に入れる。銭湯と違って楽しむための湯という風情だ。

そのせいで銭湯よりは長湯になってしまう。

「背中を流そうじゃないか」

勝音が手早く背中を洗ってくれる。銭湯で常連と知りあいなのは重要だ。お互いに背中を洗うことができる。

自分の背中にはどうやっても手が届かないから、洗い合うのは気持ちが良い。

さっさと体を洗うと、風呂屋の外に出た。明るくなってはいるが、まだ少し風が肌に触れるとひんやりする。風呂上がりの火照った体にはちょうど良かった。

「水うううううう。ひゃっこいひゃっこい！」

水売りの声が元気に聞こえてくる。

風呂《ふろ》上がりには冷たい水が飲みたくなるから、水売りは女風呂の前を狙ってよく通りがかる。

「たけさん、一杯おくれよ」

水売りのたけに声をかける。

たけはこのあたりを縄張りにしている水売りで、もう十年はやってるだろう。少なくとも手鞠が知る限りは岩倉町の水売りといえばたけである。

たけは、足早にやってきた。

「甘いのでいいね？」

「いいよ」

茶碗《ちゃわん》を出して水を入れてくれた。手鞠と勝音の二杯である。水売りの水は二種類ある。普通の水と、砂糖を入れた水だ。

暑くなってくると甘い水が美味《おい》しいから、売れるのはだいたい甘い方らしい。

「あたしは増し増しで」

勝音が言う。増し増し、というのは水の中に入れる砂糖の量を増やすことだ。値段は上がるが甘味はぐっと増す。

受け取った水を一口飲むと、甘さが体にしみる。一気に飲み干すと茶碗を返した。

「ありがとう」

「手鞠ちゃんは四文、勝音姐さんは十二文だよ」

代金を渡すと、女風呂をあとにする。たけはまだ女風呂の前で商売する気らしくて、動こうとはしなかった。たしかにここが一番売れそうだ。

「じゃあ行こうか」

「どこにですか」

「桜のところにだよ。紹介するって言ったじゃないか。連れて行くのが一番さ」

確かにそうだ。ここは厚意に甘えることにする。

大伝馬町まではすぐだ。勝音と並んでゆっくり歩く。朝の日本橋はなかなか忙しい。明け六つにはだいたいの店が開く。

そろそろ朝の買い物客がやってくるころだ。駿河町《するがちょう》の人気呉服屋、越後屋《えちご》などはこの時間はもう行列ができているだろう。

開店したてのざわざわした中を歩いていくと、一軒の店があった。地味な看板で「耳かき」と書いてある。

商家なのか民家なのか分からないおとなしい作りだ。

「邪魔するよ」

勝音が声をかける。

「勝音姐《あね》さん。どうしたんですか」

「あんたの手紙を代筆してる娘がね。一度耳かきをしてもらいたいって言うから連れて来たのさ」

「こんにちは」

手鞠が声をかける。

桜は屈託のない笑顔を見せた。

「いつもお世話になってます。綺麗《きれい》な字の手紙ですよね」

悪びれてもいなければ開き直ってもいない。素直に礼を言っているように見えた。

「その手紙のことで相談があるんだけど」

「今はお客さんもいないからいいですよ」

桜は奥に手鞠を通してくれた。

「どうしたんだい。お客さんかい」

母親らしい人が出てきた。

「いつも手紙を書いてくれてる人」

桜が言うと、その人も優しげな笑顔を浮かべて頭を下げた。

「いつもお世話になってます」

これは一体どういうことだろう。手鞠は様々な人から手紙を請け負うから、人柄に関しては少々敏感だ。

この二人からは悪い気配が全くしない。男をたぶらかして儲《もう》けようなどということは思っていないようである。

「じゃあ、あたしは行くから」

勝音はさばさばと店を出て行った。

「手紙になにか問題でもありましたか？」

桜が聞いてくる。

「問題っていうわけじゃないんだけど、いろんな男に気があるような手紙を出したら、みんなあなたのことを嫁に欲しいと思うんじゃないかと心配になって」

「そんなことありません。誰も私のことなんか全然思ってくれませんよ」

桜は不満そうに唇を尖《とが》らせた。

「どういうこと？」

「真面目に求婚してくる人が全然いないんです。こちらは真面目に手紙を書いているのに」

「真面目にって、もしかして本当に嫁の貰《もら》い手を探してあの手紙を出してるのかい」

「それ以外にあんな手紙を出す理由なんてありますか」

桜の表情は真剣そのものである。

まさか本当に求婚を待ってるとは思わなかった。客引きのための手紙だと思い込んで申し訳ないと思う。

「本気で嫁にもらってくれる男を探すなら、みんなにばら撒《ま》いちゃだめよ。ある程度絞らないと遊びに思われてしまうわ」

「自分に自信がないんです。だからついいろんな人に手紙を出してしまって」

桜が目を伏せる。

桜はどこからどう見ても美人である。嫁に欲しいという男ならはいて捨てるほどいそうなものだ。

一体どこから自信がないという言葉が出てくるのだろう。

「こう言っちゃなんだけど、べっぴんさんだし、いくらだって貰い手はいるでしょう」

「たしかに見た目は多少いいかもしれません。でも、耳かき以外はなにもできないんです」

「どういうことなの」

「炊事も洗濯も料理も掃除も何もかも苦手なのです。だから遊び相手にはともかく、嫁となると全く自信がありません」

そこは努力で、といいかけて手鞠は言葉に詰まった。努力でなんとかなるなら、桜だって当然何とかしているだろう。

単純に家庭生活に向いていないということだ。その感覚はよくわかる。手鞠も女房というものには全然向いていない。

自分で料理をするよりは店で一杯飲みたいほうだ。

女だから料理ができるとか、女だから裁縫ができるとか。当たり前のように思われるが、向いていない女だっているのだ。

そこは努力でどうにかなる問題ではないのである。

「家事ができないくらい、気にしても仕方ないでしょ」

「世間の目というのもありますから。今は母が身の回りの世話をしてくれますけど、いつかは自分でやらなければいけないと思うと憂鬱《ゆううつ》です」

「それで、どんな相手と夫婦になりたいんですか？」

「こんな駄目なわたしでもいいと言ってくれるなら誰でもいいんです」

「し、敷居が低いんですね」

「はい」

それにしても、本当に本気で夫を探してるとは思わなかった。そうだとすると手紙を書くなというわけにもいかない。

「あの、お願いがあるのですけれども」

「何ですか？」

「わたしの夫になる人を見つけていただけませんか」

「え？」

「初めて会った手鞠さんにこういうことを言うのは不躾《ぶしつけ》とは思いますが、どういう人と結婚すれば幸せになれるのか見当がつかないのです」

それが分かったら、手鞠だって苦労はしない。と自分では思うのだが、桜からすると手鞠だけが頼みの綱なのかもしれない。

ここはやはり、力になるべきなのだろう。

「分かった。手伝うよ」

「ありがとうございます。お礼に耳かきをさせてください」

桜はいそいそと準備をした。桜の膝《ひざ》の上に頭を乗せると、まずは左の耳から綺麗にしてくれる。

これがなかなかに気持ちいい。こんなところに耳垢《みみあか》があったのか、と驚くほどごっそり取れる。耳かきの棒がさわさわと耳をなでるのが心地いい。

「終わりましたよ」

上から声が降ってきて目が覚めた。どうやら気持ちよくて眠ってしまっていたらしい。

「これは気持ちいいわね」

「女のお客さんも多いんですよ」

確かに納得である。

心尽くしの耳かきをしてくれた桜に、心から幸せになってほしい。と思った。

「相手の男の仕事にこだわりはないの？」

「ええ。お金は自分で稼げますから。なんとなく楽しく笑顔で暮らしてくれる人なら。そして優しい人ならそれでいいんです」

「たくさんいそうだけどね」

「本当に優しい人なんてなかなかいないんです。高飛車な人が多いんですよ」

桜が悲しそうに言う。

客として知り合ってしまうと、なんとなく高飛車になるのかもしれない。桜の物腰が丁寧なばかりに、相手の気持ちを高飛車にするということもあり得る。

「わかったわ。あなたの手紙に返事をくれる人の中でいい人がいれば口添えをするわ」

「ありがとうございます」

桜の店を出ると、代風堂に向かう。店はもうやっているから、考えを整理しつつ、今日のところはゆっくりと仕事しようと思う。

「おはようございます」

挨拶《あいさつ》をすると、店主の友蔵が、満面の笑みを浮かべてやってきた。

「おはよう。今日もたくさんきてるよ」

手鞠は人気の代書屋だ。仕事はいつも多い。それにしてもわざわざ「たくさん」というのはどういうことなのだろう。

「どのくらいあるんですか」

言いながら友蔵を見ると、両手いっぱいに手紙を抱えている。どう見ても二十通は下らないだろう。

「何ですか、その量は」

「全部、耳かき屋の桜宛てなんだよ。頼む」

頭を下げつつも、嬉《うれ》しそうである。手鞠にとっても店が繁盛するのは当然嬉しいのだが、全部が桜宛てというのはいささか過剰である。

「こんなに恋文が来るようでは、もし桜さんが結婚なんてしたら商売あがったりじゃないですかね」

「そんなことはないだろう。結婚したら客は倍になるよ」

「なぜ？」

「人妻になるからね」

友蔵が当たり前のように言う。

「どうして人妻になると客が増えるんですか？」

「男とはそういうものだ。手に入らない相手だからこそ、気持ちが燃え上がるのさ」

「ではわたしも人妻になればお客増えますかね」

手鞠はなんとなく言った。

「手鞠ちゃんは急いで結婚なんてしなくても、いまのままがいいよ」

友蔵があわてて言う。

「冗談ですってば。相手もいないですから」

手鞠がふっ、と息を吐いた。

「ああ。そうだったね」

友蔵が少々ばつの悪そうな表情になった。

「まあ。あくまで仮の話です」

手鞠が肩をすくめた。

「いや、確かに増えるかもしれないよ」

友蔵がにこにこと笑う。

「まあ、貰《もら》ってくれる人がいればの話ですけどね」

「それなら……」

友蔵がなにか言いかけるのを手鞠は手で制した。

「君ならいい男がいるよ、とか、誰もいなかったら俺が、とか、そういう見えすいたお世辞はいりませんからね。もう、悲しくなるだけだからやめてください」

「ああ……はい」

友蔵は気のまわしすぎで見え透いたお世辞を言うのが悪い癖だ。雇い主として書き手の気持ちをあげようとするのはわかるが、恋人のいない女にそういう気は遣わなくてもいいと思う。

それにしてもこの世に男はあふれているのに、結婚したいと思う相手と出会うのは難しい。

手紙の束を目の前において硯《すずり》と墨を準備する。

今日の墨は丁了《ちょうじ》の香りのものを選んだ。丁子はやや男性的な香りがするから、男から女への手紙の時には重宝する。

それにしても、駄目な男が多い。と手紙の依頼を見ながら思う。代書の依頼は、単純に書けばよいというものではない。誰に宛てて、どんな主旨かという希望がある。そして出来れば入れたい一言というのも添えてある。

いってしまえばその「一言」が依頼主の個性になる。

そして正直これがひどい。いきなり夫婦になろう、などというのはましなほうで、中には自分の親にしっかり尽くせるのか、などというものまである。

そもそもろくに親しくないから手紙を書くのだ。むしろ相手の機嫌を取るべきなのに、まるで空気が読めないというのはいかがなものか。代書をする段階で、お前は手紙など書くな、と言いたくなるようなものが多い。

それをなんとか形にして、無礼ではない手紙にする。

やれやれとも思うが、仕方ないとも思う。江戸という町は、男にとって女に慣れる機会があまり多くない。

ある程度裕福な家でなければ、女の子はすぐ奉公にあがってしまう。だから町の男たちが年頃の女子と話す機会というのはあまりないと言ってもいい。

頭の中で想像する女性を相手にするから、手前勝手なものになってしまうのだろう。

何通か書いている中に手鞠もよく知っている八百屋の平治の手紙があった。白木の弁当箱を早く洗ってくれと書いてある。平治なりの口説き文句なのだろう。それを見た瞬間、手鞠は筆を置いた。

友蔵に声をかける。

「少し出かけてきます」

「どこへ行くんだい」

「八百屋の平治さんのところです」

手鞠が言うと、友蔵は不安そうな顔をした。

「一体何をしに行くんだい」

「このふざけた手紙について、少し聞きたいことがあるんですよ。確かに仕事かもしれないけど、仕事なら何を頼んでもいいってわけでもないでしょう」

「お客さんに文句をつけるって言うのはどういう了見なんだい」

「紙の無駄にもはどがあります。真面目に口説きたいならそれなりの態度というものがあるのではないですか」

平治のところに行こうと思った理由は他にもある。普段顔を合わせる分にはなかなか人の良い男なのだ。

博打《ばくち》を打つわけでもなく、女にだらしないわけでもない。少し酒を飲むが、溺《おぼ》れるわけでもなかった。とにかくなにをするにしても溺れるというわけではない。ほどほどである。家庭を築いてもうまくやるだろうと思えた。恋に関しては気が利かないところがあるが、家庭を築くにはあまり恋が上手ではない方がいい。

だから桜の相手に推してもいいと思っていたのだが、「白木の弁当箱」はいただけない。そんな心持ちでいるのなら嫁などとらないほうがいい。

平治は普段は神田の八軒町《はちけんちょう》で仕事をしている。通称を神田大通りというあたりで、人が多いから商売に向いていた。

八百屋といっても平治は店をかまえているわけではない、行商の中でも「前栽《せんざい》」と言われる商売である。

店をかまえている八百屋と違って、その時期の季節ものを一種類か、二種類、笊《ざる》に入れて売り歩くのである。

それだけに目利きが必要なのだが、平治は「なかなかやる」前栽ではあった。

代風堂から筋違橋《すじかいばし》を渡って神田大通りの方に出る。

しばらく歩くと、平治が笊を肩にかついで歩いているのが見えた。中にはどうやら瓜《うり》と西瓜《すいか》がはいっているようだ。

近寄って声をかける。

「平治さん」

「お。手鞠ちゃんじゃねえか。いい手紙書いてくれたかい」

平治が嬉しそうに言う。

「良い手紙なんか書けるわけないって言いに来たのよ」

「え。なんでだよ」

平治が露骨に不満そうな顔をする。

「なんでって。白木の弁当箱の意味がわかって言ってるんですか？」

「わかってるよ。いいじゃないか。毎日弁当箱を洗ってくれる娘なんて。かいがいしくて」

「いや。全然わかってないから」

手鞠はため息をついた。白木の弁当箱というのは、亭主関白な男の伝説的小道具だ。弁当箱は汚れやすいから、たいていが塗りの弁当箱を使う。白木などにしたら洗うのが大変なばかりだ。

それなのに、俺のために毎日手間をかけて洗ってくれるということで、結婚するとわざわざ弁当箱を白木に替えるひとがいる。

女房からするとたまったものではないが、それを「いい女房」の証《あかし》だと思う男がはびこっているのは本当だった。

「あのですね。全然知りもしない男に、俺のために尽くせって言われて、はい分かりましたと尽くす女がいると思いますか？　ましてや桜さんなんて自分の稼ぎもあるのに」

「女って結婚すると夫に尽くしたくなるものじゃないのか？」

「そんなことないです」

手鞠がきっぱりと言った。

「尽くしたくなるような夫なら尽くすかもしれませんけどね。平治さんは自分のことをなんだと思っているんですか？」

お客にずけずけと言うのはあまりいいことではないが、ここはきっぱり言っておかないと誰のためにもよくない。

「そう言われると自信がないな」

平治が腕組みをした。どうやらなにも考えていなかっただけで、おかしな考えに染まっているわけではないようだ。

「だから弁当箱の話なんて書いたらふられますよ」

「それは困るな。俺は真剣なんだ」

「真剣はいいけど。どうして桜さんを好きになったの？　ただのお客でしょう」

「目だよ。あの目は純情そうだ」

このひとも目か。あの目には何か不思議な力でもあるのか、と思う。とは言っても、桜のほうも真剣に相手を探していることは違いない。その意味では平治はそんなに悪くない相手なのである。

「桜さんと結婚したら仕事やめるとか言わないわよね。真面目に働くのよね」

「当たり前だろう。そもそも俺の野菜を待ってるひとがいるんだ。今日だってとびっきりの野菜が手に入ったしね。そういやひとつ食べないか」

平治はぽん、と瓜を叩《たた》いた。目の前に瓜を差し出してくる。いかにも甘い、という匂いが香ってきた。

これならたしかに美味《おい》しいだろう。

「割ってもらってもいいですか？」

「いいよ」

平治が瓜を四つに割ってくれる。

いかにもみずみずしい色があらわれた。綺麗な緑黄色《りょくおうしょく》である。食べると、ふんわりと甘い香りのあとで、舌の上をみずみずしさがなでていく。

「美味しい」

「これは今日の一番さ。一個ずつ味が違うからな」

平治が得意そうに言った。

「仕事が楽しいのね」

「おうよ。好きじゃなければやれねえよ。こんなこと」

家庭でも桜を大切にしそうな気がする。

「それで。どうやったらうまく口説けるんだ」

平治が身を乗り出してきた。

「一緒に茶わんを洗おう、ていうのはどうですか」

「家事をわけあうということか」

「あっちにだって稼ぎがあるんだから当然でしょう」

手鞠が言うと、平治が首を縦に振った。

「違いない。俺は平気だぜ。どうせいまでも洗ってるからな」

「長屋の男は独身が多いからね」

「おうよ。なんせ目端のきく女はみんな奉公にあがっちまうからな。俺たち長屋の男に回ってくる女なんてそうはいねえ。半分は一生独身だからな」

「そうだね。江戸はいつだって嫁不足だからね」

「妾《めかけ》を持つやつは何人も持つからな。とにかく俺は桜ちゃんと結婚したい。俺にできることがあればなんでもするさ」

思いのほか平治は真剣だ。目だけではなく桜という女性そのものに心から惚《ほ》れている印象を受ける。

「わかりました。じゃあちゃんと手紙書きます。間違ってもおかしなことを言うんじゃないですよ」

そういうと、少しほっとして手鞠は代風堂にもどったのであった。

代風堂に戻ると、平治の手紙に手をつける。どうせ返事も自分が書くのかと思うとなんだか不思議な気持ちである。

といっても桜が本気で相手を探しているなら平治は悪くない気がする。代書の依頼主全員と会ったわけではないからわからないが、誰かに推薦するとなるとやはり知りあい以外はためらってしまうものだ。

家事を分担する気がある、ということをしっかりとしたためる。長屋住まいの江戸の男は結婚すれば家事は全部押し付けていいと思っているから、家事の分担はかなり印象がいいに違いない。

うまく書きあがると、わきにおく。

それからつぎの手紙にかかる。

「ずいぶん頑張っているね。お茶でも飲むかい」

友蔵が茶と菓子をもってやってきた。

「ありがとうございます」

「調子はどうだい」

「まあまあですよ。ちょうどひと息いれようと思っていたんです」

筆をおくと友蔵の方を向いた。

「手鞠ちゃんががんばってるからうちも助かるよ」

友蔵が人当たりのいい笑顔を浮かべた。

これが厄介なのだ、と手鞠は思う。雇い主のいい笑顔というのは「しっかり働いて俺を儲《もう》けさせてくれ」という愛想笑いである。

だからなんとなくほだされてしまうが、警戒は必要だ。

「手鞠ちゃん」などと言ってはいても、心の中では「こいつは一日二百四十文」などと思っているに決まっている。

そこまで考えて、手鞠は気をとりなおした。

落ち着け、自分。と思う。代書が多すぎて少し疲れているのだ。いくらなんだって、友蔵はそんなにひねくれた考えをする人間ではない。

気持ちがねじくれると手紙もねじくれる。ただ書き写すのではなく、文章ごと考える代書は気持ちの持ちようが大切なのだ。

「どうしたんだい。難しい顔をして」

「少し疲れているらしくて、心が荒れてますね。なにか楽しいことでもあるといいんですけど」

「どこかに遊びに行ったりするかい？」

そういわれて少し考える。だが取り立てて遊びに行きたいところもない。一緒に行きたい相手も思い浮かばない。

これでは独りぼっちで手紙の代書をするのが生きがいの女としか思えない。どう考えてもつまらない女ではないだろうか。

「困ったことに、遊びに行きたい場所も、相手もいないんですよね。どう考えてもつまらない女でしょう。嫁の貰《もら》い手もないだろうし。一生代書して暮らす感じでしょうか」

何か趣味を持たなければいけない。いっそ芝居に入れ込むか。手鞠の性質からして、役者にはまるのが案外適当な気がする。

「だから嫁の貰い手はいくらでもいるだろうって」

「慰めなくてもいいです。いくらでも、ていうのは誰もいない時に使う台詞《せりふ》ですよ。大切なのはどこかの誰か、ですからね。手近なひとりがいないとだめなんです」

そうして手紙の束を手で叩く。

「こんなに恋文が来ても、恋が実る人なんてほとんどいません。恋文が来ても、ですよ。恋文すら来ないわたしはひとり暮らし一直線なんですから」

言ってから、ふと、もう一度桜に会うのもいいかもしれない、と思った。桜からはなんとなく同じような匂いがする。状況は違えどお互い結婚に悩んでいることに変わりはない。友だちになれるかもしれない。

「どこかに手鞠ちゃんを見ているひとがいるかもしれないよ」

「いませんよ。もしいたとしてですね。その人はどうしてるんですか。陰からわたしを眺めてるんですか。そんなのいないと同じじゃないですか」

「いるといないでは、かなり違うんじゃないかな」

「そんなに慰めてくれなくてもいいんですよ。誰かわたしを見つめている人を知ってるんですか。知ってるなら教えてくださいな」

手鞠はそういうと、友蔵が持ってきた菓子を口の中にいれた。

「あら。美味しい」

単なる大福なのだが、上品な甘さである。口の中で餡子《あんこ》が溶けるようなこともないし、なにもかも普通なのだが不思議と美味しい。

「気に入ってくれてよかった」

「お菓子の趣味はいつもいいですよね、友蔵さんは。すごいと思います」

よく考えたら友蔵に八つ当たりしてもしかたがない。そもそも仕事を世話してくれている相手に無礼きわまりなかった。

「へんなことを言ってすいませんでした。失礼でしたね」

「いや。気にしなくていいよ」

「なにかお詫《わ》びをさせてください」

「そんな、気にしなくていいって」

「よくありません。あんなに八つ当たりしたんですから」

「それなら、握り飯を作ってくれないか」

「そんなことでいいんですか？」

「うん。明日《あした》の昼に食べるから」

「わかりました」

それなら自分の昼も握り飯にすればいい。それでお詫びになるなら助かる。

「では明日のお昼は一緒にしましょう」

「そうだね」

友蔵に言われて、あらためてどんなものを作るか考える。握り飯というのは簡単だが、相手の気に入るように作るのはなかなか難しい。

単純なだけに個性も出しにくい。

「じゃあ今日はさっさと仕事を片付けちゃいますね」

そういうと、急いで仕事に取りかかる。といっても大量の手紙である。結局夜までかかってしまった。

「失礼します」

代風堂を出たときには、もう夜もとっぷりと暮れていた。これから食事をして帰ると長屋の木戸が閉まってしまう。

長屋にある木戸は暮れの四つ（午後十時ごろ）には閉まってしまう。そうなると自分の家に入るのに木戸番に声をかけなければいけない。

そうすると小言を言われるからいやなのだ。

かといってもう腹はきゅうきゅう言っていて、なにも食べないというわけにはいかない。この時間では煮売り屋にもなにも残っていないだろう。

足早に歩いていると、正面から夜鷹蕎麦《よたかそば》の屋台が歩いてくる。この時間は客がいないらしくて、さっさと歩いていた。

「熊一郎《くまいちろう》さん」

夜鷹蕎麦に声をかけると、蕎麦屋の熊一郎が手鞠のほうを向いた。

「お、手鞠ちゃん。今日は遅いね」

「そうなのよ。もうお腹ぺこぺこで」

「うちで食べてもいいけど、木戸が閉まるのに間に合うのかい?」

「間に合わないの。なんとかならないかしら」

「わかった」

そういうと、熊一郎はさっと蕎麦を手にとった。

「ふたつ茹《ゆ》でて」

「あいよ」

熊一郎が手早く二人前茹でてくれた。

「これ持っていって」

そういうと竹に包んだ蕎麦を渡してくれた。

「ありがとう」

蕎麦を持って長屋に急ぐ。幸いまだ長屋の木戸は開いていた。木戸をくぐって自分の家へと戻る。

隣の家を見ると、かすかに明かりが見えた。これでお湯を貰うことができるだろう。

「起きてますか」

声をかけると、少しして戸が開いた。

「こんな時間にどうしたんだい」

隣の家の睦月《むつき》が出てくる。

「お湯をもらってもいいですか？」

「いいよ。お勤めかい？　遅くまでご苦労さんだね」

睦月は人のいい笑顔を見せた。隣同士なのでいろいろ世話になっているが、手鞠の頼みごとにいつも笑顔で応《こた》えてくれる。

睦月はやもめである。つくろいものを仕事にして暮らしていた。繁盛しているらしくて、いつも夜遅くまで仕事をしている。

「じゃあいま器を取ってくる。睦月さんの分もあるからね」

そういうと自分の家に戻る。台所にある器を二つ手にとった。鰹節《かつおぶし》と梅干し、すりごまを丼《どんぶり》の中に入れて、蕎麦を投げ入れた。

それから隣に持っていく。

「これよろしくね」

丼を渡すと、睦月がざざっとお湯を注いでくれた。そして醬油《しょうゆ》をかけまわしてくれる。

「できたよ」

丼を箸《はし》でかき回すとできあがりである。帰ってお湯を沸かすのは時間もかかるし大変だ。部屋にいれば火鉢にかけてある鉄瓶の湯を使えばいいから、「もらい湯」ができるのはありがたい。

鰹節と梅干しと胡麻《ごま》からいい味がでるから、こんな簡単な蕎麦でもなかなか美味《おい》しい。

「いつもありがとね」

睦月が頭を下げる。

「こちらこそ。お湯がないとなにも食べられないじゃないですか」

いいながら蕎麦をすする。

「でもただの湯だからね」

「お互いさまですよ」

やはり疲れが溜まっていたのか、食べおわるとうとうとと眠くなった。

手鞠は器を回収すると、睦月に頭を下げて部屋に戻った。

さっさと布団を敷いて寝る。食べてすぐ寝ると体に悪いというが、夜遅いのだからそこはどうにもならない。

ぱっと目を閉じて、開けるともう朝だった。

今朝はゆっくりはしていられない。顔を洗って、まずは飯を炊く。

友蔵のための握り飯をどうするか考えた。握り飯だからそんなに凝ったものにはならない。なにか添えるにしても沢庵《たくあん》くらいだ。

かといって、いかにも適当というのも申し訳ない。

定番は梅干しだが、そのままでは味気ない。梅干しを叩《たた》いて鰹節を振りかけて具にすることにした。

もうひとつは焼《や》き味噌《みそ》にしよう。味噌を火鉢であぶってから握り飯にいれる。友蔵はよく食べるから合計で六個作った。

竹皮に包むと家を出て銭湯へむかう。

仕事前にざっとお湯を浴びるのは気持ちいい。昨夜は入れなかったからなおさらだ。風呂《ふろ》を欠かすというのは江戸の女としてはありえない。

といってもゆっくり浸《つ》かるわけでもない。時間があればよもやま話もするが、今日は誰と話すわけでもなくさっさと出た。

昨日桜に書いた手紙のことが気になって仕方ないのだ。

順当に行けば、今日返事の依頼が来るはずだった。

「おはようございます」

店に入ると、友蔵が迎えに出た。

「これ、お昼です」

渡すと、友蔵が嬉《うれ》しそうな顔になった。

「ありがとう。大事に食べるよ」

「そんな大袈裟《おおげさ》な。握り飯だからさっさと食べてくださいね。長持ちはしませんよ。さあさあ今日の仕事ください」

友蔵から渡された手紙をあらためる。

桜からは来ていないようだ。

手鞠としてはうまく書いたつもりなのだが、気に入らなかったのだろうか。手紙が届いていないということはないだろうから、何かあった気がしてならない。

仕事としては、書いてしまえば後のことなんてどうでもいい。わかってはいるが、どうしても気になってしまう。

昼過ぎたら一度桜の所に行ってみることに決めた。

とりあえず今日の分の仕事をさっさと片付けよう。

墨をすって一通目。なんとか二両借りたいと書いてある。依頼人を見ると、あまり売れていない戯作者《げさくしゃ》だった。

戯作者というのは、売れてさっぱり時間がなくなるか、売れなくて借金をするかのどちらかである。

戯作者の借金の手紙には定番があって、これを外さないのがコツである。

やれやれ、と思いながら手紙を書く。親愛なる山城屋《やましろや》さま。自分の作品の真の理解者は山城屋様だけです。

これは絶対つける。相手が蔦屋《つたや》だろうがなんだろうが最初はかならずこうだ。手鞠が書いても本人が書いても絶対にこうなる。

　そもそも戯作者というのは人格的には少し世間からずれていて、予定をたてて金を使うということはたいていできない。

　だからすぐに金に行き詰ってしまうのである。

　戯作者だけにはなるものではない、と思いつつ手紙を書く。

　今日は立て続けに金の無心の手紙だ。

　恋文も飽きるが、金の無心の手紙もこれはこれで心に負担がある。

　ため息をついたところで友蔵が来た。

「そろそろ食事にしないかい」

「そうですね」

　答えると友蔵が手回しよくお茶と握り飯を持ってきた。

「ありがとうございます」

「手鞠ちゃんが握ったんだからお礼はいらないよ」

　友蔵が笑った。

「運んでいただいてるんだからお礼は言いますよ」

　そう言って笑うと、友蔵は釣られたように笑った。

「手鞠ちゃんを見ているとほっとするよ」

「何ですか、こんなわたしでも頑張れるんだからなんとかなるってことですか」

「そうじゃないよ。頑張ってる手鞠ちゃんを見ると元気が出るということさ」

そう言われると悪い気はしない。手鞠は頑張っていると言われるのは好きだ。自分としてもやっている意識があるから素直に嬉しい。

自分で握った大きめのおにぎりを頬張る。

お腹も減っていたからちょうどいい。

「美味しいね」

友蔵がいかにも嬉しそうにかじりつく。

「ありがとうございます」

「というかこれはなんだい。胡椒《こしょう》？」

「はい」

手鞠は頷《うなず》いた。

おにぎりを握るときに、塩と一緒に少量の胡椒をまぜると美味しい。山椒《さんしょう》や薬研《やげん》堀《ぼり》を混ぜるひともいるが、手鞠は胡椒が好きである。

七色唐辛子よりはやや高いが、すごく値が張るわけでもない。暑気払いにはちょうどいい。

「梅干しや焼き味噌とも相性がいいんですよ」

「うん、そう思う。焼き味噌に胡椒というのはなかなかだね」

それから友蔵は、お茶を飲むと少し身を乗り出した。

「手鞠ちゃんと所帯を持ったら幸せになりそうだ」

「でしょう？　わたしもそう思うんです」

自画自賛かもしれないが、お世辞ではなくそう思う。自分の考えとしては手鞠は「なかなかやる女」である。

「それなのに誰も声をかけてくれないんですよ」

「それなら」

「あ、だからお世辞はいいですって」

手鞠は友蔵を止める。

友蔵は優しい。口を開けばお世辞を言ってくれる。けれど、いつでもお嫁にきてくれていい。などというお世辞を信じるほど世間知らずではなかった。

「今日は仕事を終えたら桜さんのところに行ってきます」

「どうしたんだい」

「手紙の依頼が来ないのが気になるんです。わたしの手紙の書き方がまずかったのかもしれないですから」

「そんなことはないだろう。忘れているんじゃないのかい」

「そんなはずはないです」

手鞠はきっぱりと言った。

「あれだけ気にしていて、うっかり忘れるなんてことはありません」

それに桜に書いた手紙には自信があった。反応がないと負けたみたいで悔しかった。

おにぎりを食べ終わると、流しに立って手を洗う。

「今日は早めに上がりますよ」

そういうと、代書の仕事に戻ることにした。

代風堂には日に三度手紙の集荷が来る。一番遅い七つ刻（午後四時ごろ）の荷物を出したらあとは終わってもかまわない。

手紙は、飛脚を使うこともあるが、たとえば日本橋の中というような近い距離なら飛脚は高い。手紙一通でも五十文かかる。なので「受け屋」というなんでも頼まれてくれるひとを頼むことが多い。

これが、日本橋から中野《なかの》村までとなると飛脚のほうがいい。

手鞠は自分ではどちらも使うことはない。そもそも誰かに手紙を書いたりしないからだ。恋文屋などと呼ばれていても自分の手紙は用事がなかった。

最後の手紙を書き終えると、挨拶《あいさつ》だけして店を出た。

まっすぐ大伝馬町に向かう。桜の店の前までいくと、耳かき屋は休業していた。

「お休みなんですか？」

店の外から声をかけてみる。

「今日はお休みですよ」

のんびりした桜の声がした。

「どうかなさったんですか？」

声をかけつつ中に入る。

「あら、手鞠さんじゃない。いらっしゃい」

桜が楽し気な声で挨拶してきた。

みると、平治が桜の膝枕《ひざまくら》で耳かきをしてもらっているではないか。

「お休みじゃなかったんですか？」

「お休みよ」

桜がくすくすと笑いながら言う。

「これは仕事ではないの。いちゃいちゃしているだけなの」

「まあ」

「わたし、平治さんからの手紙を見てきゅんとしちゃったの。それで客できた平治さんを捕まえていまいちゃいちゃしてたのよ」

「……お幸せに」

なんとか声を絞り出した。それにしても手紙一通であっさりと恋が実るというのは単純である。が羨《うらや》ましいともいえた。手鞠はなかなか簡単に恋に落ちることができないからだ。

釈然とはしないが自分の腕が良かったのだと思いたい。

今日は飲もう。

なんとなく決める。こういうときは飲むしかないだろう。

場所は堀江町《ほりえちょう》がいいだろう。堀江町というのは、小舟町《こぶなちょう》の隣である。

日本橋で魚河岸《うおがし》といえば本船町《ほんふねちょう》であるが、負けず劣らず賑《にぎ》やかな魚河岸になっているのが小舟町だった。規模こそ本船町には負けるが、鰹《かつお》の扱いに限っては小舟町が天下一であった。

魚河岸の隣町だけに、威勢のいい男連中が多い。安くて味のよい店も多かった。

女ひとりというのは少し抵抗があるが、慣れれば気にならない。

町を歩いていて、一軒の店が目にとまった。

暖簾《のれん》には「貝飯屋《かいめしや》」とある。

貝と飯。これはどう考えても至福の組み合わせだ。この辺りでは様々な貝がとれる。とれたての貝で飯を食べさせるのだろう。

もちろん酒もあるに違いない。

ここに入らずにどこに入れと言うのだ。

手鞠はためらわずに戸を開けた。

「いらっしゃい」

店主の愛想のいい声がした。

歳のころは四十歳ほどか。人の好《よ》さが顔ににじみでているような店主だ。こういう店は安くて美味《おい》しいと相場が決まっている。

これはあたりだ。

手鞠は直感した。

「おう。女一人ってのは珍しいな」

どうやら常連らしい一人が声をかけてきた。まったくだ。手鞠は思う。江戸という町は女が一人で食事をするには全く向かない。料理屋で飯を食うのは男だけで、給仕する側に女がいることはあっても、食べる側に女がいることはほぼない。

家で自分で作るか、せいぜいが煮売り屋で買って帰る程度だ。百歩譲っても屋台で何か食べるくらいだった。だからこそ、女が屋台で食べていれば注目の的になるのは間違いない。

だが、そんなことを気にしていたら何も食べられないことになる。だから手鞠は男の視線はまったく気にしないことにしていた。

「女一人なんですよ」

笑顔で答える。

男連中は荒っぽいが、たいていは気のいい連中だ。笑顔で接すれば悪いことは起きない。

席につくと、まずは壁を見る。献立は壁に張ってあることが多い。「貝飯」と「大根」のふたつが貼ってあった。

これはふたつとも食べたい。

あたりの席を見ると、大根の煮たものと、丼《どんぶり》の飯を食べている客が多い。つまり、これは一緒に食べるものなのだろう。

がらり、と戸を開けて新しい客が来た。

「豆腐」

「俺も豆腐」

壁に貼っていない豆腐という言葉が出てきた。これも気になる。

「貝飯と大根と豆腐。あとお酒ください」

手鞠が言うと、店の中がざわり、とした。

「食べるね。お嬢さん」

「食べます」

きっぱりという。どうやらなかなかの量らしい。が、手鞠も空腹なのだ。そのくらいは大丈夫だろう。

「じゃあ豆腐から行くよ」

店主が豆腐を出した。賽《さい》の目《め》に切った豆腐に貝で出汁《だし》をとった汁をざぶりとかけたもののようだ。

貝の香りがふわりと漂ってくる。

なるほど、この店は貝の出汁は共通で、それを豆腐にかけるか、飯にかけるか、大根を煮るか客が選ぶ仕組みなのだろう。

一口、汁を口にいれると、貝の旨味《うまみ》が口いっぱいに広がった。さまざまな貝を雑多に入れているだけに、味が複雑になっている。

豆腐を口にいれると、中にしみこんだ汁が口の中ではじける。

追いかけて酒を口にいれる。

貝の汁を酒が洗い流すのと同時に、酒の旨味が喉《のど》の奥までひろがった。

「美味《うま》いいいいいい」

思わず大きく息を吐いた。

仕事のあとの酒は美味い。「美味しい」ではなくて「美味い」なのだ。どんなに行儀悪いと言われようが、ここは譲れない。

ごつん、と大根が来た。たっぷりの辛子が添えてある。

大根の上に辛子を塗って口に入れると、まず辛子の味がした。それから大根の甘味と貝の旨味が口の中をぐるぐると回る。

鼻の奥が痛くなるような刺激が、大根の旨味を引き立てる。

「はあああああ」

ぐいっと酒を飲むと、今日の疲れが吹き飛ぶようだった。

いいぞ、いいぞ、と思う。この組み合わせはいい。貝、貝と来て飽きてもよさそうなところに辛子がいい具合で助太刀している。

まさに料理の中の堀部安兵衛《ほりべやすべえ》というところだろう。

するすると胃の中におさめてしまう。

そうしていよいよ総大将の貝飯である。

どすん、と丼が目の前に置かれた。貝だけではない香りがする。どうやら、柚子《ゆず》を刻んでいれているようだ。

貝と柚子の香りは全く喧嘩《けんか》することなく、お互いを引き立てている。夫唱婦随という感じで、お互いを愛し合っている夫婦のようだ。

貝汁のかかっている飯を行儀悪くざぶざぶと食べる。付け合わせでできたのは、蕪のぬか漬けである。

大根よりも優しい味わいの蕪のぬか漬けは、貝によく似合う。

蕪の葉の方は貝汁の中で一緒になっていた。

これは完全に一本とられたな、と思う。客の柄が悪かろうがなんだろうが、この味があるならそれは繁盛するだろう。

はっと気が付くと、目の前の料理も酒も全部なくなっていた。酒も二合あったものが全部ない。

飲んだ印象すらないままに飲みほしたようだ。

「美味しかったです」

そういうと、懐に手を入れた。

「おいくらですか」

「いや、いいよ」

店主が言った。

「どうしてですか？」

「あんたの食いっぷりがあんまりいいからさ。みんなあんたと同じで全部頼んで酒もいつもより多く飲んでるんだ。あんたの食いぶちくらいおごらせてくれ」

はっと気がつくと、たしかにみなたくさん頼んでいる。

と、いうことは。

「食べているところを見物されていましたか？」

店主が大きく頷《うなず》いた。

「美人が豪快に食べてる姿はいいね。眼福とはこのことだ」

店の中が笑い声でどっと沸いた。

これは恥ずかしい。

もうこの店に来られない気がした。

「ありがとうございます」

小声で頭を下げると、あわてて店を出た。

夏の夜風は少し肌寒いが、汁と酒で温まっているからあまり辛《つら》くはない。空には

まだ太っていない月がかかっていた。

体が温かいうちに帰ろう、と思う。夜といってもまだそう遅くはなくて、人通り

が途切れたわけでもない。

「まあ、いいか。美味《おい》しかったし」

そして、手鞠は思った。

貝飯か。憶《おぼ》えておこう、と。

やはりひとり酒はいい。遠慮がいらない、と手鞠は思う。

とりあえず今日のところはさっさと寝て、明日《あした》も元気に手紙を書こう。

そう思いつつ、大きくのびをしたのであった。

玉菊と冷酒

「お断りします」

友蔵の顔を見た瞬間、手鞠は即座に断った。

「まだなにも言ってないだろう」

友蔵が不満そうな顔をする。

「言われなくてもわかりますよ。忘れてました。もう玉菊灯籠《たまぎくどうろう》の時期でしたね」

玉菊灯籠というのは、吉原《よしわら》の催し物の日である。芝居をやったり踊りを踊ったりと賑《にぎ》やかだ。町中の女が吉原に出入りできる珍しい時期でもあった。

着飾った美人を見られるというので若い女子はこぞって吉原の大門《おおもん》をくぐる。吉原のほうも、未来の遊女や芸者を確保したいから優美な世界を演出した。

しかし、そんなことは手鞠には関係ない。問題は吉原の中にある「文宿」なのである。吉原では遊女も芸者も手紙を書く。といっても、相手の家に直接手紙を届けるわけにはいかない。

そこで出てくるのが「文宿」である。手紙の仲介をするための宿だ。

もちろん自分で手紙を書く者が多いが、中には代書屋に頼む者もいる。そのうえ客も手紙を書くから、吉原の中ではいつも代書屋が不足している。

なので、一般の女性が入りやすい紋日《もんび》になると手鞠にも声がかかるのである。

遊びに行くならまだしも、仕事で吉原の大門をくぐりたくはない。

しかし、友蔵は何かと手鞠を行かせたがる。もちろんその気持ちもわかる。吉原と日本橋では稼ぎが全く違うのだ。

手鞠の手紙一通で、日本橋なら二十四文。しかし吉原なら、手紙の種類によっては一両にもなる。およそ百五十倍である。手数料も同様になるから、友蔵としては歓迎だ。

女の筆跡で手紙が書けるから、手鞠は遊女に人気がある。なにかというと部屋に呼び出される。

個人的には遊女は嫌いではない。だが彼女たちはなにかというと座敷につき合わせようとする。

花魁《おいらん》と客の両方の機嫌をとることになるので面倒だった。

「そう言わないでさ。行ってくれると助かるな」

「断っても行かせるんでしょう。しょうがないですねえ。まあいいです。暮らしは助かりますから」

「ありがとう」

「どうすればいいんですか」

「柳橋の升田《ますだ》から舟を出してもらっておくれ」

吉原に行く方法は二つある。陸路と水路である。代風堂のあるあたりからだと柳橋から猪牙舟《ちょきぶね》で行くのが一番早い。

「これ、持っていって」

友蔵からお土産のお菓子を渡される。

「え。これ松屋《まつや》の加乃子《かのこ》じゃないですか。これ持って吉原に行くんですか?」

手鞠は思わず文句を言った。

日本橋室町の松屋といえば、江戸では名前が響いている。その看板になっている菓子が加乃子である。

吉原の遊女は年季があけるまでは吉原から出ることはできない。だから日本橋の菓子というようなものに飢えているのだ。取り合いになるに違いない。

「いくつあるんですか」

「二十個」

「絶妙に嫌な数ですね」

途中で自分で食べて、なかったことにするには多すぎる。

「手土産がないわけにはいかないだろう」

友蔵が当たり前のように言う。

「ありんす国に日本橋の常識を持ち込まない方がいいですよ」

友蔵自身は吉原に行かないから、内情はわからないらしい。そもそも吉原に通っている人間は「吉原」とは呼ばない。

「北州《ほくしゅう》」か「ありんす国」だ。江戸城の北にあるから「北州」か、遊女たちの語尾が「ありんす」だから「ありんす国」かどちらかである。

手鞠は友蔵にあわせて吉原と言っているが、これは友蔵用の言葉ともいえる。

「用意してしまったのなら仕方ないですね。いただきます」

菓子を受け取ると、柳橋まで歩いていく。吉原にいくなら先になにか食べていかないといけない。

吉原の料理は高くてまずい。例外的に美味しい店もあるが、そういう店は混んでいるし目玉が飛び出るほど高い。

だから日本橋で食べてから行った方がいい。

柳橋の手前には両国広小路《りょうごくひろこうじ》があるから、食べ物には困らない。屋台だらけで騒がしいがなんでも揃っている。

両国はなんでも四文で食べることができる。そのかわりなんでも四文分の量だ。女である手鞠にはむしろちょうどいい量といえた。

握り飯屋に寄ることにした。ひとつ四文。ふたつもあれば充分だろう。

握り飯屋の前には短い行列があった。少し並ぶ。といってもたいして待つこともなく手鞠の番が来た。

「茄子《なす》と鰹《かつお》」

迷わず頼む。両国に握り飯の店は多い。その中でも美味《うま》いと評判なのが、握り飯の「米まさ」であった。

茄子は、ぬか漬けではなくて醬油《しょうゆ》とみりんで煮込んだものだ。鰹というのは鰹節で、やはり醬油とみりんで煮込んであった。

どちらも薬研堀が入っていてなかなか辛い。薬研堀の味が好きならここの握り飯は両国一だといっていいだろう。

「お。手鞠ちゃん今日も別嬪《べっぴん》だね」

握り飯屋の昌《まさ》が見え透いたお世辞を言った。

「お世辞はいいですから、早く握ってくださいな」

昌が手早く握り飯を竹の皮に包んでくれた。

「八文だ」

「はい」

「俺はいつでも手鞠ちゃんと夫婦になる用意はあるんだぜ」

「はいはい。分かりましたよ」

冗談を受け流しつつ、握り飯を受け取った。

いっそ猪牙舟で食べるか、と思う。行儀は悪いが、気楽ではある。

握り飯をかかえて升田まで行く。

升田は船宿の中でも上級の方で猪牙舟のほかに、ちゃんとした屋形船も持っている。船宿は何十軒もあるが、屋形船を持っているのは十軒ほどしかないのだ。

「こんにちは」

店に入って声をかけると、手代の清七《せいしち》がやってきた。

「お。手鞠ちゃん。ついてるね」

「なにがですか」

「ちょうど鉄砲舟に空きができちまったんだ。猪牙舟の値段でいいから乗っていかないか」

鉄砲舟、と言われて心が動く。

「鉄砲舟かあ。でもありんす国までだと少し時間が足りないね。それにお酒も飲んじゃいそう」

「いいじゃないか。ゆっくり行かせるし、一杯だけにすれば。冷やした酒に、沢庵《たくあん》でもあればいいだろう」

鉄砲舟というのは、風呂《ふろ》をそなえた舟である。鉄砲と呼ばれる湯わかしを大きな樽《たる》にそなえつけて湯がわくようになっている。

銭湯舟とも呼ばれていた。ゆったりと風呂に入りながら目的地につけるという舟だ。もちろん景色も堪能《たんのう》できる。

ただし高い。柳橋から吉原までの猪牙舟代は百文。それに対して鉄砲舟なら三百文もかかってしまう。

「代風堂につけていいかしら」

「そうしちゃいましょう」

清七があっさり言う。たしかに吉原で仕事をするならそのくらいは大目に見てもらえそうだった。

「じゃあそうする。お酒は一杯だけね」

酔っては仕事にならないのでここは我慢する。

「はいよ。剣菱《けんびし》を用意しておきますね」

清七が気の利いたことを言う。

剣菱は伊丹《いたみ》の酒で、船で江戸に運ばれてくる。「辛口」が売りで、実際すっきりした飲み口はなかなかのものである。

江戸でも、「剣菱屋」という形で特に剣菱を売りにしている酒屋も多かった。

「じゃあ一合だけ」

「はい」

握り飯にしておいてよかったと心から思う。

「ではお楽しみを」

言われて舟に乗り込む。

舟の中は障子で囲まれていて、屋根がついている。ただし本来座敷になる場所が風呂場になっているのが特徴だ。

浴槽は少し広めで、二人でも入れるようになっている。男女で「お楽しみ」に使えるということらしい。

吉原に行く前に身ぎれいにしようという客も多いようである。手鞠のように相手もいないのに乗るというのは珍しい。

風呂の湯はややぬるい。普通の銭湯と違って長く湯に浸《つ》かるのが前提だから、熱くはしないのである。

障子には小窓がついていて、開けると外を眺めることができた。

部屋の隅に酒の入った徳利《とっくり》と、沢庵が置いてあった。

これに握り飯があるというのはなかなか完璧《かんぺき》だ、と思う。

浴槽のわきに酒を載せる小さな台がある。これで湯に浸かりながら一杯やれるというわけだ。

徳利を手に持った瞬間に、よく冷えているのがわかった。川の中に徳利を吊《つ》るしておいたのだろう。

猪口《ちょこ》ではなくて湯のみ茶碗《ぢゃわん》が置いてある。昼酒は茶碗のほうが味わい深い。

まずは湯からだ。

ざぶりと湯に浸かる。内臓に湯の温かさがしみていくのを感じた。

ここで問題がある。まず一口酒をやってから沢庵を食べるか。沢庵をかじってから酒に口をつけるかである。

酒を飲まない人間からするとどちらでも良いことかもしれないが、このふたつにはかなりの開きがあるのだ。

まずは剣菱か、と手鞠は思う。剣菱のすっきりさを味わうなら、一口目はやはり酒から入るべきだろう。

一口あおると、冷たい酒が喉《のど》を通って一気に胃の中に落ちていった。そして胃の中から五臓六腑《ごぞうろっぷ》に熱が広がっていく。

「美味いいいいいい」

まわりに誰もいないから行儀もなにもない。かしこまって飲む酒よりは、ひとりで心置きなく飲むほうが断然美味《おい》しい。

できればあと片付けなどは気にしない方がいい。なので手鞠は家ではなくて外で飲む方が好きだった。

一口酒を流しこんだあとは沢庵である。一口齧《かじ》る前に、当たりであることを祈る。

かりっ、と一口かじる。当たりだ。

沢庵の味は麹《こうじ》の量で決まる。堅くて塩辛いものや、やわらかくてやや甘いものなどいろいろある。手鞠の好みは辛口の剣菱と相性がいいやや甘いものだ。

一合などあっという間に飲み干した。

浴槽で飲む冷酒は、これ以上ないという美味しさだ。

思わずフラフラとしてしまって、あわてて湯槽《ゆぶね》から出る。気持ちよすぎて今日は仕事にならなくなってしまう。

一口水を飲んで握り飯を食べる。

これも格別に感じられた。

小窓をあけて涼む。気を取り直したころに、舟が吉原についた。といっても吉原そのものにはつかない。吉原近くの山谷《さんや》堀《ぼり》の船宿について、そこから歩いていくことになる。

中村という船宿につくと、中から女将《おかみ》が現れた。

「なんだ。手鞠ちゃんかい」

手鞠を見るなりため息をついた。

「そんなに邪慳《じゃけん》にしないでくださいよ」

「だってあんたじゃ金にならないだろ。案内は不要だね。勝手に歩いていっておくれ」

女将は露骨に気のない態度を見せた。

「もう、わかってますよ」

宿を出ると衣紋坂《えもんざか》という坂を通って吉原の大門にむかっていく。ここはみんな徒歩でいくから、他の客と並んで歩くことになる。

若い男はあまりいないが、それなりに金のありそうな男たちと並ぶ。

しばらく行くと二十軒ほどの茶屋が並んでいた。昔はここで編笠《あみがさ》を借りて顔を隠して吉原の大門をくぐったらしい。

いまではみんな顔をさらして堂々と入るから、すっかりただの茶屋である。といっても、吉原細見《さいけん》を売っていたり、遊び方の指南をしたりと普通の茶屋とは少し違う。

いずれにしても手鞠に用のある店ではないから素通りする。吉原の大門に近づくと、丸に門の字の入った大きな提灯《ちょうちん》が見えた。

門をくぐって引手茶屋《ひきてぢゃや》から切手《きって》をもらう。遊女ではないですよ、という証明書で、これがないと吉原から出ることができなくなるのだ。

そうしてからやっと仲《なか》の町《ちょう》に出た。そのさらに奥の揚屋町《あげやちょう》に、手紙を書く店がある

る。

ただ、問題はこの仲の町なのである。

「あら。手鞠さんでありんすか」

歩いていると、さっそく声がかかる。

「ごぶさたです。花魁《おいらん》」

明るく返事をする。

昼の時分は、仲の町はくつろいでいる花魁たちで賑《にぎ》やかだ。

吉原の大門からすぐの仲の町は吉原の繁華街だ。さまざまな茶屋の店先で遊女がくつろいでおり、大門をくぐったばかりの客の目の保養になるという仕掛けである。

しかし、遊女なら誰でも仲の町でくつろげるわけではない。店の看板を張っている遊女だけに許されているのである。

いってしまえば仲の町でくつろげるのは人気の証拠だった。だから客の目が誰に留まるかが勝負所である。

なのでどうやったら目立てるか、という火花がいつも散っているのである。

手鞠に声をかけた花魁が、ゆったりと近寄ってくる。

相手が来るまで待っていなければいけないのだが、こういってはなんだが、飢えた狼の群れにいる気分で気が休まらない。

「あら。手鞠ちゃんでざんすか」

「手鞠ちゃんでみんすか」

「手鞠ちゃんでおっすか」

あちこちから声がする。

吉原は語尾に「ありんす」とつける事が多いが、実は店によって違う。「ざんす」「みんす」「おっす」などと派閥がある。

派閥の領袖《りょうしゅう》みたいな花魁が一斉に手鞠に向かって歩いてきた。

うまくさばかないとあとで禍根を残してしまう。だから吉原は苦手なのだ。花魁自体はいい人が多くて好きなのだが。

「ご無沙汰《ぶさた》してます」

素直に頭を下げて、その場で立ち止まった。花魁は足が遅い。というよりも履いている下駄が高いからゆっくりとしか歩けないのだ。

花魁道中に履く下駄はことのほか高くて誰かの肩を借りないと歩けない。普段の駒下駄はそんなことはないが、それでも一般的な下駄よりは高かった。

転ばないようにしゃなりしゃなりと歩くのが粋なのである。人形のような恰好《かっこう》がいいということで、頭には派手な簪《かんざし》を挿している。遊女たちは前後左右で実に十六本も大きな簪を挿していた。

生きた人形のような人々がゆったりと迫ってくる姿には圧倒されてしまうが、眼福でもある。

しばらく待っていると、四人の花魁が手鞠のまわりに集まった。

江戸屋《えどや》の喜久《きく》の。富田屋《とみたや》の花の井《はないい》。若松屋《わかまつや》のいちのえ。三崎屋《みさきや》のけやき。大きくはないが、勢いのある妓楼を支えている面々である。

それだけに矜持《きょうじ》も高い。

挨拶《あいさつ》する順番が違うだけでもへそをまげそうだった。しかし、こういうときのために菓子がある。

友蔵から預かった加乃子の入った箱を開けてさしだす。

「お土産です。日本橋の加乃子ですよ」

すっと菓子に手がのびた。

「ごぶさたです。喜久のさん。花の井さん、いちのえさん、けやきさん」

菓子に手がのびた順に挨拶する。

「おいしいでありんすね」

喜久のが顔をほころばせた。

吉原の菓子は値段は高いが味はいい。ただし店の数が少ないから種類はない。だから遊女たちは外からの菓子に目がないのである。

「今日は仕事に来たざんすか？」

花の井が言う。

「そうです」

「それならぜひお願いしたいでおっす」

けやきが身を乗り出してきた。

さっそく四通の依頼が来そうな勢いだった。

「わたし、文宿にいますから」

そう言うと、足早に遊女たちを振りきった。

文宿は、揚屋町の奥のほうにある、差出人から手紙を預かって配達してくれる宿である。文使いのひとが一日二回回収して、一本十六文で船宿まで届けてくれることになっていた。

仲の町を過ぎて江戸町《えどちょう》に入ると、今度は両側に昼見世がでていて、格子のむこうに遊女たちがいるのが見えた。

夕方になるとかなり華々しいことになるが、昼間はそんなことはない。遊女たちも三味線を弾いたり双六《すごろく》をしたりして、日常生活を客に見せている。

吉原の中心街である江戸町、京町《きょうまち》は、白粉《おしろい》の匂いが強く香る。それが揚屋町にくると、白粉から桂皮《けいひ》といった薬の香りに変わる。

遊女は胃を痛めやすいから、揚屋町には薬屋が何軒かある。そのせいで薬の香りが漂うのだ。

揚屋町の中の奥まった一角に、文宿はあった。手紙を扱う店は吉原に何軒かあるが、手鞠の行くのはそのうちの一軒である。「揚巻屋《あげまきや》」という店だった。

「こんにちは」

店に入って声をかけると、店の主人の矢倉《やぐら》がすぐに出てきた。

「お。手鞠ちゃん。いらっしゃい」

「お世話になります」

頭を下げると、矢倉は両手を横に振った。

「世話になるのはこちらだよ」

言いながら、手紙の束を出してくる。

「さあさあ、好きなだけ書いていっておくれ」

軽く二百通はある束だ。吉原には三千人近い遊女がいる。その多くが手紙を書くわけだから、量はかなりのものだ。

もちろん、全員が代書屋を使うわけではないが、外の世界よりはずっと依頼が多い。

「こんなに書いたら手がだめになってしまいます」

苦笑しながら手紙に目を通す。

量こそ多いが、遊女の手紙は単純だ。「ごめんなさい。こりずにまた来てね」という内容さえ書けばそれで良いのだ。

遊女は多くて一晩に五人も客をとる。しかし、相手をしてもらえるのは一人である。残りの四人は「ふられて」しまうわけだ。

しかし、ふられた方も料金は同額なのである。そのせいで「二度とこない」と言い出す客も多かった。

遊女の手紙はその気持ちをなだめるためにあるといってもいい。

代書屋としては難易度が高い。ただしやりがいもあった。まさに腕の見せ所である。

「泊まっていってもいいですよ」

矢倉が言う。

「それはいやです」

きっぱりと断った。一度泊まってしまうといつまでも帰してもらえないことになりかねない。

恋文屋の手鞠の名前は吉原にそれなりに響いてしまっているから、長くいるとなるとしがらみもできてしまう。

だからさっさと終わらせたかった。

手鞠は手紙の束からまず二十通ほどを選んだ。日本橋なら千文ほどだが、ここでは、二十両になる。一通あたり約百五十倍である。

頑張って書いているうちに、夕方が近くなってきた。そろそろ吉原も本番、夜見世の時間だ。

「手鞠さんはいるでありんすか」

不意に店先で声がした。

「喜久のでありんす」

「はーい」

思わず返事をして宿の外まで出る。

「何かご用ですか？」

「手紙を書いて欲しいでありんすよ」

喜久のが人当たりのいい笑顔を浮かべている。

「それは大歓迎ですけど」

言いながら矢倉のほうを振り向く。

「喜久のさんをあげてもいいですか」

「もちろんだ。どうぞ。喜久の花魁《おいらん》」

矢倉はあわてたように喜久のを宿の中にあげた。

喜久のは吉原の中でも「花魁」と呼ばれる身分である。遊女の中でも上位に属する花魁は、なにかと特別待遇である。

名前を呼ぶときも、「喜久の花魁」と呼ばなければいけない。うっかり「喜久のちゃん」などと呼ぼうものなら矢倉の店なんて潰《つぶ》れてしまう。

矢倉はあからさまに緊張している。

「直接文宿にくるなんてどうしたんですか？」

これはかなり異例なことだ。花魁は「部屋持ち」ともいって、妓楼のなかに自分のための個室を持っている。普通はそこに一日二回、御用聞きがきて手紙を預かる。

だから、自分で文宿に足を運ぶ遊女はいないのである。

つまり、訳ありということだ。

「ここが手鞠さんのお仕事場でありんすね」

喜久のは物珍しそうにあたりを眺めた。仲の町で会うことはあっても実際に手紙を書く場所に来たことはないから、たしかに珍しいに違いない。

「これをどうぞ」

矢倉がお茶を出してくれた。

吉原の湯のみは、上の口が幅広くなっている関西風の物が多い。遊女たちは仕出し弁当が主流なせいか熱いものが苦手である。だからお茶は江戸前の熱い「あがり」ではなくて、上方風のぬるい「おぶう」を飲む。

「手鞠ちゃんもどうぞ」

矢倉が手鞠にもお茶を出してくれた。

ぬるいお茶を一口飲むと、手鞠は喜久のを見た。

「大切な人への手紙でありんす」

喜久のは深刻そうに告げた。

「どのくらい大切なんですか？」

「花の井花魁のおゆかりさんでありんすえ」

喜久のが平然と言う。

思わずお茶を吹いた。おゆかりさんとは、花の井のなじみの客ということだ。

「あら、驚いたでありんすか？」

喜久のがころころと笑った。意地悪な笑い声ではなくて無邪気な子供のような笑い声である。

巻き込まれた、と心の中で舌打ちをする。

喜久のと花の井は仲がいい。といっても、格は喜久ののほうが少し上である。手鞠が思うに、花の井がなにか喜久のの気に障るようなことをしたに違いなかった。だから腹いせに客をとろうとしているのだろう。

もちろんそんなことは吉原では御法度である。一番やってはいけないことのひとつであった。

それでも無邪気にやってしまうのが喜久のの怖いところである。空気を読むとか気を遣うということは一切ない。

喜久のが「したい」と思うことが喜久のの世界の規則なのだ。

喜久のが「仲良くしたい」と思えばもちろん相手は仲良くするものだと信じてい

る。

「花の井さんが怒りますよ」

一応言ってみる。

「返せと言われたら返すでありんすよ」

そうだよね、と手鞠は思った。遊女が他の遊女の客をとったときは、とられた側がとった側に手紙を書く。

人の男をとっては駄目ですよ、と手紙を書いて奪い返すのである。

そのときの手紙も手鞠が書くかもしれない。というか、手鞠の手紙で客を盗《と》られたとわかったのなら、手鞠の手紙で奪い返そうとするだろう。

そういう火花を自分の手紙で散らさないで欲しいと思う。

「よろしくでありんす」

さきほどまでの無邪気な笑いではなくて、今度はやや意地悪い、くすくすとした笑いだった。

前から決めていたことではなくて、自分の姿を見たときに気まぐれに思いついたのに違いなかった。

いずれにしても手鞠に断る権利はない。あきらめて書くことにした。

「相手は誰でどうすればいいんですか。それと文章だけでいいんですか？」

「一式やっておくんなまし」

一式、というのは、手紙を出すところまでという意味である。吉原の手紙は外とは少し違う。

まず、なにがあっても刃物を使わない。手紙用の紙は、巻紙の一部を好きな大きさに切りとって使う。普通は鋏《はさみ》なのだが、遊女は決して使わない。客と縁が切れるのを嫌うのだ。

手鞠は巻紙をつばで濡《ぬ》らすと、手で綺麗《きれい》に裂いた。紙の裂き具合で遊女の修練の度合いがわかるというものだ。

「本当にとりんぼうをするんですね」

最後にもう一度聞く。

「もちろんでありんす」

喜久のがきっぱりと言った。

他の遊女の客をとることをとりんぼうという。争いのもとだが、喜久のの決心は固いようだ。これはしかたがない。あきらめて手紙を書くことにした。

吉原の客は、なじみの遊女に入れ込んでいるようで案外他の遊女からの誘いにひっかかりやすい。それは客のせいでも遊女のせいでもないことではある。客にとって目当ての遊女はひとりだが、妓楼《ぎろう》は何人も同時に客をとる。なので金を払うだけで少しも相手をしてもらえない客もでてくるのだ。

何度通っても振られていると、粋などという気持ちは消えて不満がたまる。その相手を狙い撃ちにするのだ。

全員とはいかないが、つい誘惑に負ける客は出てくる。

人の心を弄《もてあそ》ぶという意味では喜久のは悪いが、客に不満を抱かせる花の井に落ち度がないというわけではない。

喜久のは、本当に大切な客には手を出さない。だから本当のところ二人の関係は亀裂《きれつ》が入らないようになっていた。

とはいっても花の井も気は強いから、はらはらする。

山吹ばかり相手にせずとも、たまには実のある木を相手にするのもおつなもの。という手紙をしたためる。山吹は、花は咲くが実はならない。だから成就しない相手よりもきちんと相手をしてくれる女のほうがいいだろうという意味だ。

最後に手紙に息を吹き込んで、通う神、としたためてから封をする。客の手にかならず届くというまじないである。

遊女は手紙が届かないということを何より嫌がる。そのためにまじないはしっかりするのが当たり前であった。

ここまでで「一式」である。

「ありがとうでありんす」

喜久のは満足したらしい。懐から一分金を出すと、手鞠に差し出した。

「こんなにいただけません」

「いえ、きっといやな思いをさせるでありんすから」

これは暗に、花の井のほうの手紙も書くことになるということだろう。

喜久のが出て行くと、緊張がほどけてほっとする。

「熱いお茶をいれるよ」

矢倉が立ち上がった。そして、細長い湯のみに熱いお茶をいれてきた。

「熱いのもあるんですね」

「俺は江戸っ子だからね」

そういって矢倉はお茶を飲む。

手鞠も熱いお茶に口をつけた。

「手鞠ちゃんも人変だね。きの字屋《じや》でもとるかい」

　矢倉が言う。

「いえ。大丈夫です」

　手鞠は思わず断った。きの字屋というのは仕出し料理屋のことだ。昔は「きの字屋」という店が本当にあったらしい。

　美味《おい》しいので評判になったあと消えてしまって、いまでは仕出し料理屋を表す言葉として残っている。

「お腹へらないのかい」

「吉原の料理は高いばっかりで美味しくないですよ」

　手鞠としては、一食無駄にした気分になるのである。

「しかし食べておかないと体が持たないぞ」

「自分の長屋に帰りますから大丈夫です」

「いや。泊まることになるだろう」

　矢倉が当然のように言う。

「なぜですか？」

「喜久の花魁《おいらん》と花の井花魁の決着を見ないで帰るっていうのは無理なんじゃないかな」

当然の顔をして言う矢倉を見て、手鞠が大きくため息をついた。

これだから女の園はめんどうくさい。

といっても、たしかにほうって帰ることはできないだろう。花の井側の手紙も手鞠が書いてこその痛み分けなのだ。

片側だけ書いたら恨みが残ってしまう。

決着を見届けるとなると二日はいないといけないということになる。

手鞠は矢倉を睨《にら》んだ。

「着物代は持ってくださるんでしょうね。襦袢《じゅばん》代も」

「もちろんだよ。まかせておきな」

そういうと、矢倉は大きな声をたてて笑ったのだった。

しばらくして、矢倉は何着かの着物を持ってきた。季節にあわせた涼しげな単衣《ひとえ》、そして浴衣《ゆかた》、寝巻、襦袢もある。

「吉原は着物にはこまらないからね。巫女《みこ》や尼の服もあるよ」

「そういうのはいりません。普通のでいいです」

吉原の手前にある茶屋は、着物の貸出もやっている。日常を離れたい人々が、さまざまな恰好《かっこう》に扮《ふん》して吉原の大門をくぐるのである。

だから服は山ほどある。

「襦袢はこれなんですね」

「吉原だからね」

矢倉が持ってきたのは、襦袢の上と下がつながっている「長襦袢《ながじゅばん》」というものだ。普通町人が着るのは半襦袢といって上下は分かれている。

長襦袢は遊女のための服である。訊《き》いたことはあるが手鞠は着たことはない。しかしこれは便利かもしれないと思う。

「帯はどうしますか。前に結ぶのを使いますか」

「もう、なにを言ってるんですか。そんな柄じゃないですよ」

手鞠は笑って右手を横に振った。

遊女は帯を前で結ぶ。そうすると帯の柄が前に出て、美人に見えるのだ。だから前で結ぶための帯は派手で美しい。

そのかわり歩きにくい。美人に見えるためにさまざまなものを犠牲にするのが遊女というものである。

「普通の帯がいいです。地味なやつを貸してください」

「まあ。好きなように選んでつかってくんな」

そういうと矢倉は部屋から出ていった。

一日くらい着替えなくてもいいといえばいいのだが、正直長襦袢は気になる。吉原以外で着る機会はないだろう。

帯を見ると、前帯と後ろ帯の両方が置いてある。遊女風の恰好にもなれるようだ。

どうしよう。千鞠は迷った。この恰好をしても誰に見られることもない。文宿に遊女が来ることはない。矢倉と、せいぜい文使いの男に見られるくらいだ。

自分が満足するだけなら着るのも楽しいかもしれない。

一瞬誘惑にかられたが、はねのける。

自分はあくまで手紙を書きに来たのである。それ以外のことは考えてはいけない。

気持ちをあらためて手紙を書き始めた。

しばらくして、日がとっぷり落ちてくると、さすがにお腹が減る。

「食事ですよ」

外から声がした。

「手鞠さんて人に届けに来ました」

戸を開けると、台屋が立っていた。台の物と言われる仕出しを届けるのが台屋だ。

肩に大きな箱を担いでいる。ああは言ったが矢倉が手配をしてくれたのだろう。

「ありがとうございます」

頭を下げると、男が食事を盛った台をおいていく。台は四つあった。鯛《たい》の姿焼きの台。酢のものと刺身の台。ご飯と漬物、汁物の台。酒の台である。

見た目は豪勢だ。

しかし、目の前に並んだ料理を見ると微妙な気持ちになる。これで一分もするのである。こういうことを考えてはいけないが、外ではかなり美味しい天婦羅蕎麦《そば》が三十二文だ。蕎麦三十一杯分の満足をこれが与えてくれるようには思えない。

とはいえ酒があるのはありがたかった。

まずは鯛に箸《はし》をつける。

うむ、とため息をつく。

鯛はすっかり冷めてしまっていて温かさのかけらもない。そのうえ、表面には塩ではなくて砂糖がかかっている。

焼き魚に砂糖で味をつけるのが吉原風である。粋なのかもしれないが、手鞠は塩のほうがずっと好きだ。

まあいい、と、手鞠は持ってきた道具の中から醤油《しょうゆ》を取り出した。万が一のために持ってきたものだ。

間違って吉原で食事をすることになったときには醤油と胡椒《こしょう》は必須《ひっす》である。そうでないと舌が甘さに負けてしまう。

胡椒を振りかけてから醤油をかけると、それはそれでなかなか美味しい。鯛にかけてある砂糖がいい役目を果たしてくれる。

酢のものは、アワビと胡瓜《きゅうり》であった。すっかり熟れて黄色くなった胡瓜と、薄く切ったアワビである。

組み合わせとしては大好きなのだが、やはり甘い。普通に酢と醤油でいいのに、意地でも砂糖を使いたいらしい。

これはもう醤油をかけてもどうにもならないので、あきらめて甘いまま食べる。

酒は冷たくてもいいから問題ない。さすがに酒に砂糖は入っていなかった。

一息つくと、早く帰りたいと強烈に思う。

冷めた飯と冷めた味噌汁《みそしる》と漬物、甘くはないが美味《うま》くもない。

一応全部食べると膳を部屋の隅においた。

今日は早めに寝よう。

外を見物しても、夜遅い時間は面白くない。吉原は夕方が一番華やかなのだ。夜になるとみな座敷の中にいるから、歩いてもつまらないのである。

さっさと寝ることにしよう。

用意してくれた寝巻に着替えて布団を敷く。襦袢は長襦袢にしてみた。このくらいは遊女気分も悪くないだろう。

やはり疲れていたのか、手鞠はすぐに眠りに落ちてしまった。

起きると既に太陽が昇っていた。

寝巻から単衣に着替える。矢倉が用意してくれたのは薄青い地に桜をあしらった美麗なものだ。

火鉢に沸いているお湯を湯のみにいれて一口飲む。お茶をいれるのはめんどうだから朝はまずは白湯《さゆ》だ。

これは家でもどこでもかわらない習慣だった。

水をそそいであらためて鉄瓶を火鉢に置く。火鉢からたちのぼる湯気が部屋に潤いを与えてくれるから、鉄瓶は必須である。

白湯を飲んで机に向かうと、誰かがやってくる気配がした。

「手鞠さんはいらっしゃるでざんすか。花の井ざんす」

気だるげな花の井の声が聞こえた。早朝の遊女は気だるそうだ。一日のうちで一番気だるい気配を出している。

「いますよ」

答えると、花の井が顔を出した。

「とられんぼうになったざんす」

とられんぼう。つまり客を盗《と》られたということだ。それにしても早い。昨日手紙を書いて昨日のうちに客をとったということだろうか。

かなり周到に準備をしていて、とどめが手鞠の手紙だったということなのだろう。

「それは残念でしたね」

一応声をかける。といっても、花魁《おいらん》がわざわざここまで来るということは、手鞠が手紙を書いたと察しているのだろう。

「こんなところではなんですので、おあがりくださいな」

花の井は怒っている雰囲気を出しながらしゃなりしゃなりとあがりこんできた。おっとりとやわらかく怒ることができるのは遊女の特技だ。正直手鞠には怒っているかどうか表情ではわからない。

といってもピリピリとした気配はする。客をとられるというのは遊女の中では最大の屈辱だ。

「手紙をお願いするざんす」

やはり思ったとおりだ。

「なにを書けばいいのでしょう」

「わかっているざんしょう?」

花の井はにこにこと言う。

「そうですね。わかってます。すいません」

「喜久の花魁の手紙も手鞠さんが書いたのでござんしょう?」

「書きましたよ。仕事ですから」

手鞠が答えると、花の井は楽し気に声をあげて笑った。

「それならわっちの書きたいこともわかってござんしょうなあ」

「ええ。わかってます」

手鞠はため息をついた。

「待ち伏せの手紙を書くんですよね」

「そうざんす」

花の井が胸を張る。

「分かりました……。書かせていただきます」

手鞠はあきらめて書くことにした。こちらは客ではなくて喜久の相手である。自分の客が知らない間に喜久ののところに通《かよ》ってしまった。まことに至らないことで申し訳ないが、今度通ったら知らせて欲しい。

という手紙である。

この世のものとも思えないほどひどい手紙だ、と思う。

客は、花の井に相手にされないから喜久のになびいたわけだ。しかし、吉原では初回は夜の相手をしてくれない。三回通ってようやく相手をしてくれるのだ。

この客は自分の欲望は果たせないまま二人の花魁にはさまれているのである。

これにこりてもう吉原に来なくなるのではないかと手鞠は思う。

花魁同士の闘いで最終的に割を食うのは客なのである。なにも他人を巻き込んでまで火花を散らさなくてもいいような気もする。

それでも火花を散らしてしまうのは吉原の女の性《さが》なのかもしれない。こうやって関わってしまうのも縁なのだろうが、今一つ釈然としなかった。

その場で筆を執り、手紙を書き終わると花の井に渡す。

「ありがとうございんす」

そう言うと一分金を渡してくれた。ありがたく頂戴《ちょうだい》する。こうなったらもう巻き込まれた代金だと思うしかない。

「今これを書くということは明日あれをやるんですか」

「もちろんざんす」

あれが行われるのか。だとすると明日の朝、二人の戦いを見届けてから帰った方が、後々面倒が少ないような気がする。

手紙を渡すと、花の井はしゃなりしゃなりと帰っていった。

もう日がのびて、一日はずいぶんと長い。といっても今は玉菊灯籠《どうろう》の季節だから、案外退屈はしないものである。今日は仕事はあまりせずに、吉原を見物するのも悪くない。

と言ってもまだ早すぎる。花の井とのやりとりで少しくたびれたので、手鞠はもう一眠りすることにした。

吉原の朝は遅い。日本橋の商店なら卯《う》の刻（午前六時）にあく。しかし吉原はそれよりも二刻（約四時間）あとの巳《み》の刻（午前十時）である。

早朝は客が帰っていく時間だ。遊女は客を大門まで見送って、巳の刻あたりまで一眠りするのである。

遊女たちが改めて起き出した頃が吉原の一日の始まりになる。その辺りの時刻に起きるのが吉原で過ごすにはちょうどいい。

一眠りして起きると、昼頃になっていた。起き上がって、とりあえず仲の町に遊びに出かけることにする。

揚屋町を出て、通りを仲の町に向かって歩くと、まずは江戸町がある。右側に並んだ妓楼《ぎろう》の格子の内側で、遊女たちが絵双六《えすごろく》をしていた。

この時間は人もまばらで、格子の中を覗《のぞ》き込んでくる客も少ない。だから遊女たちも本を読んだりしてゆっくりとくつろいでいるのである。

もちろん、この時間に遊ぼうという客もいるにはいるから、そういう人が来ると色を見せる。

そうでなければ地金で過ごしている。

「手鞠さんでありんすね」

遊女の一人が手鞠を見つけて格子のまえのほうにやってきた。

「手紙を頼みたいでありんす」

いつの間に知られたのか、手鞠の顔は遊女たちにすっかり知れ渡っている。そして手鞠の手紙はどうやら人気なのであった。

「どうせなら中で書いて欲しいでありんす」

遊女のひとりが言った。

「いやいや。店の人間でもないのに入れないでしょう」

「この時間なら平気でありんすよ」

遊女たちがころころと笑う。

みんなまだ若い。下は十五歳から上で二十歳というところだ。振袖新造《ふりそでしんぞう》といって、遊女としてはまだ見習いのようなものだ。

それだけに客をとるよりも絵双六のほうが楽しいに違いない。

「恋文をお願いしたいでありんす」

一人が食い下がってくる。

「はじめてお目にかかりますね。お名前はなんとおっしゃるのですか？」

「鈴虫《すずむし》でありんす」

「いい名前ね」

「鳴き声がいいと言われるでありんすよ」

鈴虫が照れたような顔になった。

「じゃあ。あとで寄らせていただくわ」

そう言って手鞠はあわてて店を離れた。手鞠には少々生々しい。年齢は手鞠より下でも、そちらの道では手鞠よりもずっと経験豊富なのである。

江戸町を抜けて京町も抜けると、いよいよ仲の町である。

七月の吉原は、外からやってくる女性が多い。七月の頭から終わりまでは「玉菊灯籠」という提灯《ちょうちん》を吊《つ》るした催しになっている。

提灯だから見ごろは夕方以降なのだが、昼にはもうそこそこの見物客がいた。

七月と八月は、一般客でにぎわうのが吉原の常である。

どうせなら羽子板を買うか、と手鞠は羽子板屋を探した。羽子板には、遊女の絵姿が描いてある。それを買って帰って自分の着る服の参考にすることもある。

だが一番売れる羽子板は別にあった。

羽子板屋の一角が盛り上がっている。近寄ると、喜久のの男装姿の羽子板があった。その隣には花の井の男装姿がある。そこに女性が群がっているのである。

「来月は大変なことになりそうね……」

手鞠は思わずつぶやいた。

八月になると、吉原は「にわか芝居」というものをおこなう。路上で遊女や芸者が芝居をおこなうのである。

そのとき、人気の遊女は男装することが多い。

男装の麗人に一般女性客が群がるのだ。吉原で一、二を争う人気を誇る喜久のと花の井は、毎年どちらが人気なのか、火花をちらしている。今回の喧嘩《けんか》は、大方その前哨戦《ぜんしょうせん》というところだろう。

やれやれ、と手鞠はため息をつく。

そう思いながら、一応どちらの羽子板も買った。手鞠から見ても目の保養には間違いないからだ。二枚とも買って、町をぶらぶらする。

とにかく仲の町には吉原の関連商品を扱う店が多い。羽子板もあるし饅頭《まんじゅう》もある。遊女に人気の着物や帯、地図も売っている。

吉原の遊女はとにかく綺麗《きれい》である。長屋の娘とは次元が違う。

だから遊女を見物に来る女性客も多い。

仲の町には、自分の美しさを女に誇示する花魁《おいらん》も多く歩いていた。

ひとわたり仲の町を見て回ると、仕事に戻ることにした。何と言っても手紙を書きに来たのだから。

羽子板を抱えて文宿に帰ろうとすると、目の前から喜久のがやってきた。手鞠の持っている羽子板を目ざとく見つける。

嬉《うれ》しそうにゆったりと近寄ってきた。

「わっちの羽子板でありんすね」

「あまりに綺麗だったので思わず買ってしまいました」

「嬉しいでありんすね。名前を入れなくてもいいでありんすか」

どうしよう。手鞠は迷った。立場としては仕事相手なのだし、自分の名前を入れてもらうというのははしたない気がする。

しかしせっかく入れてくれるというのを断るのももったいない。何しろ目の前にいるのは吉原一の花魁なのだ。

「それじゃあお願いしちゃおうかしら」

「ではそこの茶屋に腰掛けて書きんしょう」

仲の町の茶屋には縁台と腰掛けが多い。遊女が腰を掛けているところを見せて客を招きたいのだ。

といっても遊女のとなりにずうずうしく腰掛けるような客はいない。遊女のすわっているのを遠巻きに見るのが関の山である。

店のほうもわかっているから、この時期の仲の町には、団子と麦湯の立ち売りが多く出される。客は遊女を眺めながら、路上で立ったままはしたなく団子を食べるのだ。

手鞠が喜久のの横に腰を掛けると、まわりの視線が痛い。いったいこいつはなに者なんだ。という圧を感じた。

喜久のが声をかけると、茶屋の店主がすぐに筆と墨を持ってきた。

喜久のは視線を気にもせずに羽子板にさらさらと名前を書く。正直言ってかなり嬉しい。

「できたでありんす」

喜久のから羽子板を受け取ったとき。

「わっちの羽子板じゃござんせんか」

後ろから声がした。花の井だ。

「言ってくれれば差し上げたざんすよ」

柔らかい声で喜久のとは逆側に座る。

失敗した、と心の中で舌打ちする。こうなるとまったく嬉しくない。

「わっちの羽子板を持ってらしたから名前を書いて差し上げたでありんす」

喜久のがくすくすと笑う。

「たくさん持っていても重いでありんしょう」

「なら喜久の花魁のを放ればいいことざんすよ」

花の井は無邪気な声を出した。

おっとりとした口調で火花を散らすのはやめてください、と手鞠は思ったが、どう考えても手遅れだった。

「わっちも名前を書くざんすよ。手鞠さん」

花の井が手をのばす。

「ありがとうございます」

断ることもできず、羽子板を渡そうとした手を、喜久のがさりげなく遮る。

「わっちの名前があれば充分でありんしょう」

「待ってください」

手鞠は喜久のの言葉を遮った。

「もちろんどちらも欲しいですよ。決まってるじゃないですか」

決まってる、のところを強い調子で言う。こうすれば、花魁のなら誰もが欲しいと言う意味にも取れるからだ。

「欲しいなら仕方ないでありんすね」

喜久のは、一瞬不満そうな表情を見せたが、それ以上はなにも言わなかった。花の井はさらさらと羽子板に自分の名前を書く。

「ありがとうございます」

手鞠は礼を言う。これはなかなか貴重なものを手に入れた。

「迷惑かけるざんすからね」

花の井が小声で言った。

どうやら二人に争いをやめる気はなさそうだ。ここは覚悟を決めて巻き込まれるしかないらしい。

手鞠は羽子板をかかえると立ち上がった。

「ありがとうございました」

頭を下げるとさっさと逃げていく。

そしてもう一晩泊まることを覚悟したのだった。

手鞠は羽子板を抱えて揚屋町に向かう。

京町を抜けて江戸町を歩くと、すががきの音が耳に心地いい。昼どきの遊女たちは、店の中で三味線を弾く。小唄《こうた》を歌わない音だけの演奏は「すががき」と呼ばれる。

いまは夏だから、源氏物語《げんじものがたり》の夏の章を想起させる曲が多い。

さわやかな音の中を歩いていくと、目の前から矢倉が歩いてきた。肩に大きな布の袋をかついでいる。

手紙を入れた袋である。朝と夕方の二回手紙を回収して、大門を出てその先にある船宿に届けるのが矢倉の仕事である。一通あたり十六文。一度に百通を超えることも珍しくない。

一日に二回で一両の稼ぎといったところだろう。

「お。手鞠ちゃん。たくさん頼まれてるよ」

矢倉が嬉しそうに声をかけてきた。

「私だって人間ですからね。一日に百通なんてとても書けませんよ」

「ま、書けるだけ書いてくれればいいからさ」

信じられないことに本当に百通来ているらしい。

「手鞠さん」

「手鞠ちゃん」

通りの揚屋から遊女たちの明るい声がする。本来こちらが見物する側なのに、すっかり見世物になってしまっている。

「夕方は仲の町に出るでありんすか？」

一人の新造が声をかけてきた。小菊《こぎく》と言って、まだ十七の少女だ。

「そうね。一杯飲もうかと思ってるよ」

「それならわっちを買っておくんなまし」

小菊が照れたように言う。

「あら、そうしたいのはやまやまだけど私には無理よ。お金もないし」

「わっちは二朱でありんす。他の新造も禿《かむろ》もつけなければ二朱だけでありんすよ。ね？　お願いだから」

たしかにそれなら現実感はある。

しかし吉原で高いのは床代ではなくて食事代なのである。

「どうしたらいいのかな」

手鞠は迷った。自分を買ってくれ、というからにはまだいい客にめぐり合っていないのだろう。

遊女だからといって、みんながみんなにぽんぽんと客がつくわけではない。

客をとるための練習として、手鞠に声をかけたのだろう。

まさか一緒に床に入るわけにもいかないので、絵双六《えすごろく》をするか、好きな黄表紙《きびょうし》の話をするくらいだろう。

それも悪くないか、と思う。しかしたまっている手紙の問題もある。

「ごめんなさいね。手紙を書かないといけないから夜は無理なの」

「では、切見世《きりみせ》ではどうでありんすか。それなら百文でいいでありんす」

小菊が粘る。

「双六でもしたいの？」

訊《き》くと、小菊は嬉《うれ》しそうに頷《うなず》いた。

「それならあとで行くよ。待っててちょうだい」

「お待ち申し上げているでありんす」

小菊が言うと、まわりからも声があがった。

「わっちも、買って欲しいでありんす」

「わっちも待ってるざんす」

うかつに男に買われるよりも、女に買われたほうが遊女としては楽である。妓楼《ぎろう》にしてもひとりで遊んでいるくらいなら金を払うのが女でも構わない。

文宿に戻ると、今夜どうするか考える。切見世というからには小菊といるのは半刻（約一時間）というところだろう。

とりあえず食事はしてから行こうと思う。高くてまずいものを押し付けられてもこまるからだ。

「蕎麦《そば》しかないかしら」

手鞠は呟《つぶや》いた。

吉原には、ちゃんとした蕎麦屋は大門《おおもん》のところの釣瓶《つるべ》蕎麦しかない。値段はやや高いくらいだが混んでいるのが難点だ。

あとは揚屋町にある「蛇《じゃ》の目《め》蕎麦」だ。

こちらは味もいいし値段も安い。ただし、客層が恐ろしく悪い。荒くれた男しか入ってこないから空気が怖いのである。

といっても他には選びようがないので、あきらめて蛇の目蕎麦に行くことにした。

蛇の目蕎麦に看板などはない。戸口に蛇の目が描いてあるだけだ。それを見て入ってこられないような客はいらないということだろう。

揚屋町の奥まで行って、戸をあける。

入るなり、客が睨《にら》んできた。

店というよりも牢屋《ろうや》という方が雰囲気はあってるかもしれない。手鞠は牢屋に入ったことはないが、噂に聞くかぎりは蛇の目蕎麦のような雰囲気に違いないと思っている。

牢名主《ろうなぬし》のような店主が手鞠を見つけた。

「おや、手鞠ちゃんじゃないかい」

その一言で、客の様子が落ち着いた。

「ごぶさたです」

「なににする」

「抜きで。天抜きをください。あとお酒」

「はいよ」

威勢の良い返事をすると、店主はとりあえず酒を出してくれた。小鉢に茄子《なす》の漬物がついてきた。

吉原の中では喧嘩《けんか》はあまりおこらない。客ならまだしも、吉原で仕事をしている者同士は絶対に喧嘩はしない。

早速一杯飲みたいところだが、抜きが来るまで我慢だ。

しばらくして、抜きが運ばれてきた。抜きというのは、蕎麦を抜いたものである。天抜きであるなら、天婦羅と汁だけがどんぶりに入っている。

まずはそれで酒を飲む。そのあとで最後に蕎麦を貰《もら》って、もり蕎麦なり、かけ蕎麦なりで食べるのである。

手始めに冷えた酒をくいっと一口飲む。

それから、つゆでふやけてだくだくになった天婦羅を口にいれる。天婦羅はさくさくした歯ざわりが命だという人もいるが、手鞠からするとそいつは酒のみではない。

それは天婦羅が主役という考えだろう。しかし、酒を中心に置くなら、ふにゃふにゃだくだくの天婦羅ほど美味《おい》しいものはない。つゆを吸った天婦羅の衣が舌の上に居座ったところに酒を流し込む。

醬油《しょうゆ》味と衣の味と具の味が酒といっしょに喉《のど》の奥にながれこんでいくときの快感で、脳がしびれるようだ。

「美味しいぃぃぃぃ」

周りに聞こえるのもかまわずに声を上げる。

「いい飲みっぷりだねえ」

隣の男が感心したように声をかけてきた。

「それに美人さんだ」

「ありがとうございます。用心棒さん」

手鞠は頭を下げた。

「おや、わかるのかい」

男は感心したような声を出した。

「そんな扇を持っていたらわかりますよ」

いくら喧嘩がないといっても、酔った客が暴れることなどはまれにある。そのときのために用心棒を務める人間がそれなりの数はいる。

といっても吉原の中で刀を抜くことはできないし、立ち回りも野暮である。そのために用心棒たちは大振りの扇を持っているのだ。

相手の手を摑《つか》んだときに扇を広げれば、隠れてしまうからお縄にしても生々しくないのである。

だから用心棒の使う扇は普通のものよりひと廻《まわ》り大きい。

「どうだい。今夜楽しまないかい」

「あら残念。私は遊女じゃありませんのよ」

手鞠は酒を飲んでしまうと、店主のほうに声をかけた。

「もりね」

「あいよ」

今日はもう仕事はできないかもしれないな、と思いつつ我慢できなかった。

最初からもり蕎麦を食べるのと、抜きを食べてからもり蕎麦を食べるのは雰囲気が少し違う。

最初からつゆの中に入っている蕎麦はやはり主役である。だから蕎麦の香りも含めて主役の味が際立っている。

しかし抜きのあとだと、締めということで蕎麦の味が三歩下がっているのだ。その控えめな感じが手鞠は好きだった。

「ごちそうさま」

食べ終わると勘定をしようとした。

「あ。いいよ。矢倉さんからもらうから」

店主が当たり前のように言った。

「ありがとうございます」

得をした気分で礼をいうと、口説いてきた男にも手を振る。

「他をあたってくださいね」

店を出ると、江戸町にまっすぐ向かうことにした。

もう吉原としてはいい時間で、本格的に客が入っている。

店の前は遊女を眺める客で混雑していた。「夜見世《よみせ》」というやつで、遊女たちも張り切りどきである。

ぽぽんと鼓の音が響いた。

しゃらしゃらと木の札がこすれ合う音がする。

どうやら花魁《おいらん》が登場するようだ。

花魁というのは、いつも張見世《はりみせ》にいるわけではない。普段は二階の自分の部屋にいて、夕方になると現れるのである。

ひと際人だかりの多い店の中を眺めると、夜見世としての恰好《かっこう》をした新造たちが並んでいる。中心に近いほど人気のある新造たちである。

やがて、鼓の音とともに二階から花魁が現れた。その様子を外から見物するために客は集まるのである。

花魁の人気によって客の数はかわる。だから夜見世がはじまったときには、新造も含めていかに華やかな演出ができるかが勝負だった。

三味線もならせば小唄《こうた》も歌う。舞も舞う。

見世の中はひとつの舞台であった。

毎日こうやって勝負をしているから、花魁独特の好戦的な性格が育つのだろうと思われる。

文宿にもどると、机のわきにどっさりと手紙が積みあがっていた。

「腕が壊れるほどあるね」

手鞠はため息をついた。

手鞠のところには恋文にあたるものしかこない。親元への手紙などはお呼びでないようだ。それでもこれだけの量があっては、とてもこなせるものではない。

現実逃避をしたくなった手鞠は、小菊のところに向かうことにした。

小菊のいる張見世は、花魁がなじみの客のところに出払って、新造だけになっていた。客と軽く話したり、三味線を弾いたりとかしましい。

「小菊さん」

声をかけると、小菊が格子のところまでやってきた。

「本当に来てくれたでありんすね」

「嘘なんかつかないわよ。じゃあ少しお邪魔するね」

「おあがりなんし」

小菊の案内で妓楼《ぎろう》にあがる。妓楼は一階と二階がある。食事をするのにも遊女と夜を過ごすのにも使うのは専ら二階だ。

花魁になれば自分のための個室があるが、新造の部屋は共有である。早い者がちということだ。

「自分のために部屋に入れるのは嬉《うれ》しいでありんす」

小菊が本当に嬉しそうに笑った。

小菊の立場だと、花魁がさばききれない客の相手をする「廻《まわ》し」のために部屋を使うことが多い。

廻しの客はあくまで花魁のものだから、新造の客にはならない。

だから「自分の客」というのは本当に嬉しいのだろう。

「女でごめんなさいね」

「手鞠さんと過ごせるのは嬉しいでありんす。日本橋の話を聞かせてくれなんし」

これはむしろ手鞠が小菊をもてなすことになりそうだ。

とはいっても、小菊は可愛らしくて一緒に過ごすのは楽しい。お茶を飲んで話しているうちにあっという間に時間が過ぎた。

「あら、もうこんな時間なのね。そろそろ帰らないと。じゃあ行くわ」

「もうお帰りでありんすか？　また買って欲しいでありんす」

小菊にねだられて、つい頷《うなず》いてしまう。こんなところでなじみの遊女を作ってどうする、と思わないでもないが、知り合いはいた方が楽しくもある。

店を出ると、吉原は繁華の最中《さなか》である。

妓楼の前には「玉菊灯籠《どうろう》」という灯籠が吊《つ》るされて明るく辺りを照らしている。今月は夜もずっと明るいままだ。

普通の女性客も奥のほうまでふらふらとやってきて、夜見世を見物している。手鞠のように切見世に誘われている客もいた。

喧噪《けんそう》の中を揚屋町に戻ると、こちらは遊女が関係ないのでひっそりとしている。

いつまでも逃げているわけにはいかない。

文宿に帰ると、とりあえず仕事をすることにした。

たっぷりと墨をすると、黙々と作業に取りかかる。

しばらくすると拍子木がなった。客のついていない遊女や禿《かむろ》の眠る時間である。

そろそろ寝るかと手鞠は思う。明日の朝は修羅場になるだろうから、いまのうちに寝ておいた方がいい。

手鞠はさっさと寝て、翌朝にそなえることにした。

目を覚ますと、まだ夜明け前だった。

さっと顔を洗うと、急いで大門を目指す。

朝帰りの客と見送りの遊女で道は案外にぎやかだ。駒下駄《こまげた》のからからという音があたりに満ちている。

その間を抜けるようにして大門に向かう。とられんぼうさえなければ今回の仕事は実におだやかな終わりになるはずだった。

大門につくと、花の井がいた。ひとりではない。両脇に四人の新造をはべらせている。全員手に竹ぼうきを持っていた。

「待ち伏せ」である。浮気をした客への折檻《せっかん》である。もちろん花魁同士も喧嘩《けんか》はするが、悪いのはあくまで浮気をした客なのである。

花魁はどちらも被害者という立場になる。

しばらくすると、喜久のが客に寄り添って歩いてきた。あきらかにいやがらせである。そもそも初会では夜の相手をしないから、大門に客を見送りにくるようなことはない。

客の相手は廻し新造にさせておいて、見送りにだけ顔を出したのだろう。

おまけに、喜久ののほうも新造を四人つれている。

わかってやっているのだ。

客のほうはのんきな顔で歩いていた。

俺はモテている、と思い込んでいる風情である。花魁に夜の相手をしてもらうのを「もてる」というのは本当だが、廻しに相手を振られたのであれば「ふられた」

ということになる。

それがわからずにいい気分になっているのは、吉原に慣れていない客の証拠だろう。

慣れている客ならばこれから戦がはじまることに怯《おび》えているはずだ。

「まつざんす」

凜《りん》とした花の井の声が響いた。

「なんでありんすか？　花の井花魁お顔がこわいでありんすよ」

喜久のがおっとりという。

「とりんぼうを放ってはおけないざんす」

花の井が言う。

「あら。花の井花魁はとられんぼうでありんしたか」

喜久のがからかうように言う。

「よくもしゃあしゃあと。泥棒猫はふてぶてしいざんすね」

花の井が睨《にら》みつけた。

「おいおい。俺のために喧嘩はよそうじゃないか」

客の男が、勘違いも甚だしい仲裁をする。このころになると、あたりに見物客が増えてくる。

自分には関係ないので、害のない見世物といったところだろう。

「浮気とはどういうことざんすか」

花の井の声と同時に、花の井の脇にいた新造たちがほうきで男に打ちかかる。

「浮気はいけないでありんすね」

喜久のの側の新造も男に打ちかかった。

花魁《おいらん》同士の喧嘩は直接の争いはしない。口喧嘩をしつつ双方で客を叩《たた》きまくるのである。あくまで客のせいであった。

「でも、この主さまがわっちの艶《つや》になびくのもわかるでありんす。同情するでありんすなあ」

「手練手管でだまくらかしたのは泥棒ざんしょう」

「手練手管がない方が悪いでありんすよ」

喜久のも悪びれない。

その間も、男はほうきで叩かれていた。

「そのくらいにしとこうじゃないか」

一人の男がやってきた。手に大きな扇を持っている。昨日手鞠に声をかけてきた用心棒であった。

「これ以上はやりすぎだよ」

男に仲裁に入られると、二人は距離をおいてそっぽを向いた。

あとは男が見舞い金を払わされて終了だ。踏んだり蹴《け》ったりとはまったくこのことである。

やれやれ、と手鞠はため息をついた。

このあとのぎすぎすした様子は見たくない。

気が張っていたのか眠くなってきた。昨日はうんと仕事をしたので、今日は戻って昼まで眠ることにする。そうしたらもう帰ろう、と決意した。

吉原は長居する町ではない。


「お世話になりました」

手鞠は矢倉に挨拶《あいさつ》する。

「お金は友蔵さんに届けておくよ」

矢倉はほくほくとした恵比寿《えびす》顔である。手鞠が書いた手紙で大分儲《もう》けたようだった。

「よろしくお願いします」

吉原を出てからなにか食べようと思う。吉原の食事はもう飽き飽きだった。

仲の町に出てみると、喜久のと花の井が並んで団子を食べていた。

「手鞠さん」

二人がそろって手を振ってくる。

「え？　お二人、もういいんですか？」

思わず訊《き》くと、喜久のが首をかしげた。

「なにがいいでありんすか？」

「今朝喧嘩してたでしょう」

「喧嘩などしてないざんす」

花の井がすまして言う。

「あれはなんだったんですか」

「浮気者の成敗」

二人が声をそろえて言った。そしてやはり声をそろえて笑う。

「男というのはしかたないでありんすね」

二人ともいかにも仲がよいという風情である。しかもこの仲の良さは別に嘘でもないのだ。二人はこうやって喧嘩と仲直りをくり返してきたのだろう。

吉原ではごく当たり前の光景なんだろうか、外からやってきた手鞠にとっては不思議な感じがする。

「団子でもいかがでありんすか」

喜久のが言う。

「手紙のお礼ざんす」

花の井も言った。手鞠からすると決闘のための手紙を書いたようなものだが、二人からするとちょうどいい刺激だったのだろう。

「いただきます」

考えても仕方がないので、二人のあいだに割って入る。

「手鞠さんは分かっているでありんすねえ」

喜久のが満足したように笑った。

こういう時は遠慮したりせずにふたりの真ん中に割って入るのがいい。どちらかの側に身を寄せてしまうと、そちらの方が好きということになるからだ。

あくまで中立でいることが大切なのである。

真ん中にすわると、二人が一個ずつ団子をくれようとした。

「自分のは自分で頼みます」

そういうと店の者を呼んだ。

「団子ください。甘くないの」

「甘くないの」というのは、味噌《みそ》を酒で練ったものをのせた団子である。

吉原は甘味が多いというか料理自体が甘いので、甘くない団子で一杯やりたいという客もいる。

そのための団子であった。

「ふふ。それにしてもいい気味であったでありんす」

喜久のが楽しそうに言った。

「浮気者はお仕置きがしきたりなのを知らないなんて、田舎者すぎるざんす」

花の井も笑う。

いや、と手鞠は心の中で思う。

客は悪くないのではないでしょうか。そもそも手鞠の手紙が発端なのだし、客の側の心情としては同情もできる。

あえていうなら二人にはめられたようなものだ。

そしてはめた二人は仲良く笑っているのだから花魁は怖い。

団子が運ばれてきた。ここで酒を飲んでしまうとまた吉原泊まりになりかねない。

大人しく麦湯を飲むことにした。

「このままここに住めばいいでありんす」

喜久のが手鞠の首を抱きしめた。

「わっちもそう思うざんす」

花の井に肩を抱かれる。

「仕事がありますから」

「仕事なら吉原にもたんまりありんすよ」

喜久のが顔をのぞきこんできた。冗談めかしているがかなり本気だろう。吉原においで、手鞠のように中身も書ける文使いは貴重だ。というか他にはいない。

だからいて欲しいに違いない。

吉原にやり甲斐《がい》のある仕事が溢《あふ》れているのはわかる。

「お待たせしました」

店の者が麦湯と団子を運んできた。

「ありがとう」

「四十文です」

店の者が笑顔で言う。

一歩大門の外に出れば十六文程度の団子が普通に四十文。永代橋《えいたいばし》あたりなら八文ですむ。やはりこの物価の高さはやってられない。

代金を払うと、団子を見た。串《くし》に四つ刺さっている。それが二本である。空腹の手鞠には少しもの足りない。

ただし味はいい。仲の町の甘味は高いだけのことはある。どんな細工をしたのか分からないが、団子はすごく柔らかい。口の中で溶けるような食感ではないが、なんといえばいいのか、団子が歯を押し返してくる抵抗感がまるでない。普通の団子は嚙《か》んだときに「ぎゅっ」という感じがする。それに対してここの団子は「すうっ」という感じで歯が団子にすべりこむ。

甘味の少ないのもよかった。

思わず酒が欲しくなってしまう。

早くここから逃げて酒を飲もうと思った。

「そろそろ帰りますね」

「残念でありんす」

「次はいつ来るざんすか？」

花魁《おいらん》二人にはさまれて、引き止められると、女の手鞠ですらいい気分になる。といっても、次に来るかどうかは依頼次第なので、軽い約束はできない。

「友蔵さんが行けっていったらまた」

団子を食べてしまうと、さっと立ち上がる。

「待ってるでありんすよ」

「早く来てくれないとすねるざんす」

二人の声に送られながら、大門の脇にある会所《かいしょ》に向かう。

切手を出すと、会所の番人が頷《うなず》いた。

「今回は長かったたな」

「ええ。まったくですよ」

あきれたように返すと、番人が苦笑した。

「ごくろう様」

声に見送られて大門をくぐる。

「娑婆《しゃば》だ」

思わず呟《つぶや》いた。

とにかくなにか娑婆っぽいものを食べようと思う。安くて、塩辛いもの。そして酒。

船宿から猪牙舟《ちょきぶね》で柳橋までついたとき、夕方には少し早いというあたりだった。

両国橋を渡って、回向院《えこういん》のほうに行かずに駒留橋《こまどめばし》を渡る。そうすると目の前に藤代町《ふじしろちょう》がある。

藤代町は料理屋の多い町で、高い店から安い店までそろっている。

その中でも、少々客の柄の悪い「塩辛屋《しおからや》」という店に入る。ここは文字通り塩辛いつまみの店だ。

それだけに客は汗を流す仕事の人間が多い。

店に入ると早速汗臭い匂いがした。客の体臭である。しかし、白粉《おしろい》の匂いに包まれて過ごした身からすると、かえって戻ってきた感じがあった。

「いらっしゃい」

顔からして汗臭い店主が低い声を出した。顔と声はこわもてだが、案外気弱な樽造《たるぞう》という店主である。

「松ぼっくりと生利《なまり》。生利は辛くして」

「へい」

樽造が頷いた。

生利は、半生の鰹節《かつおぶし》である。やや硬くなったものをむしって食べる。鰹の刺身もいいが、旨味《うまみ》がぎゅっと固まっているので手鞠は生利の方が好きである。

昔、火付盗賊改《ひつけとうぞくあらため》で名をはせた長谷川平蔵《はせがわへいぞう》が好きだったらしくて、本所界隈《かいわい》では生利を出す店がそれなりにある。

塩辛屋もそのうちの一軒だった。

すぐに軽く蒸して温まった生利が来る。上には唐辛子と胡椒《こしょう》がかかっていた。鰹にはなんといっても胡椒である。少なくとも手鞠はそう思う。

塩辛屋の店主はそこはわかっていると見えて、胡椒を多めに振っていた。

そのうえに、酢醤油《すじょうゆ》がかかっている。

箸《はし》をつけると、鰹の濃厚な味がした。唐辛子と胡椒と酢の味を醤油がまとめあげている。

口の中に鰹の旨味があふれたところに「松ぼっくり」を流しこんだ。

「美味《うま》いぃぃぃぃぃ」

思わず呟く。

松ぼっくりは、まだ青い松ぼっくりを松葉といっしょに焼酎《しょうちゅう》につけたものだ。五月ごろに仕込んで夏に飲む夏酒である。

松の独特の香りが焼酎に染み出している。好き嫌いがあるが、手鞠は好きだった。
冷たい水で割ったものが茶碗《ちゃわん》ででてくる。
行儀悪いことこの上ない酒であった。
しかしそこがいい。
生利を食べて、松ぼっくりを飲む。
誰かと会話などしたくもない。ただひたすら食べて飲む、を繰り返す。
そうすると心がすっきりしていく。
あとはもう帰って寝ればいい。
この至福のひとときがあるから仕事も楽しいと言うものだ。
「もう一杯いくかい」
樽造に言われて、手鞠は大きく頷いた。
「おかわり」

花火とぶどう酒

「西瓜《すいか》だー。西瓜だー。買わないかねー」

川のほうから声がした。

西瓜と瓜《うり》を積んだ猪牙舟が川の真ん中に浮かんでいる。舟から川の中に、網が吊《つ》るされている。

「冷えてるの?」

岸から声をかけると、舟の親爺《おやじ》が大きく頷いた。

「もちろんだ。冷たいよ」

この時期になると、川の水で野菜や果物を冷やして売る舟が活躍する。うろうろ舟と言われる舟だ。

冷たい西瓜はもちろんだが、酒を冷やしで売っている舟も少なくない。川の水でよく冷えた酒を竹筒ごと買って飲むのは、なんともいえない贅沢《ぜいたく》である。

「切るかね」

「いいわ。まるごとちょうだい。持っていって切るから」

「あいよ」

「ところで、お酒はあるの？」

「特別なのがあるよ」

「特別なのってなに？」

「酒をね。西瓜の汁で割ってから冷やしたやつなんだ」

「美味《おい》しい？」

思わず聞き返す。しかし、聞かなくてもそそられる。暑い時期ならではの酒だろう。

「冷え冷えのをきゅっとやると、もう体がすっきりと冷えるさ」

舟の親爺は想像して自分も飲みたくなったらしく喉《のど》をならした。

「まあ、俺は飲むけどね」

竹筒をだすと、喉を鳴らして飲んだ。

目の前でそんなことをされてはもう駄目である。

「一本ください」

思わず頼んだ。手鞠は普段昼に酒は飲まない。仕事にさわるからだ。しかし、夏の一時期だけは昼に冷やした酒を飲んでしまう。

「つまみは何が合うのかしら？」

「塩が一番さ」

親爺が、自分でも塩をなめてみせた。

たしかにそれはよさそうだ。

「おいくらですか？」

「十六文だ。西瓜とあわせて四十文だね」

「はい」

料金を払って両方受け取る。

まずは一口飲んでみよう。

竹筒に入った酒を喉に流し込む。

西瓜と酒の味のまざった、爽やかな風味が喉の奥にするすると入ってくる。西瓜のおかげで、涼味が直接喉の奥に流れこんでくるようだ。

来るぅぅぅぅぅ、という感じである。喉の奥から胃まで、酒の旨味できゅんきゅんやられる。

この味は癖になる。

しかし、夜飲んだら同じ感覚にはならないだろう。昼に太陽の下で飲む一杯だからこそ、この感覚になるのである。

とりあえず西瓜を食べて酔いをさまそう。

代風堂に着くと、店主の友蔵がすぐに店の入口まで迎えに出てきた。

「お、立派な西瓜だね」

「冷えてるうちに切りましょう」

「そうだね」

友蔵は西瓜を受けとるとすぐに引っこんだ。出てきたときには、食べやすい大きさに切った西瓜を皿に載せている。

「まず食べてから仕事の話をしようか」

顔には満面の笑みを浮かべている。

「吉原にはいきませんよ。七月でもいやなのに、八月の吉原なんてまっぴらごめんです」

八月の吉原は、七月以上に一般の女性客で混雑する。そんなところに足を踏み入れたくはなかった。

「儲《もう》かるのに」

「絶対いやです」

念を押すように言うと、友蔵はあきらめた。

「とりあえず西瓜でも食べようか」

言われて手鞠もかぶりつく。酒が少し腹に残っているときの西瓜は格別に美味しい。絶妙な甘味と水分が酒の重みをちらしてくれる気がする。

あっという間に食べてしまった。

「それで今日なんだけど」

友蔵がいいにくそうな表情になる。この顔をするときは、厄介な仕事を頼んでくると決まっていた。

「今日は休んでいいですか」

仕返しとばかりに、手鞠は極上の笑顔を向ける。

「そんなこと言わないでさ。手鞠ちゃんしかいないんだよ。頼りにしてる」

「他に誰もやりたくないようなことなんでしょう」

「そんなことはないよ」

友蔵が大きく手を振る。

「仕方ないですね……。話だけは聞いてあげます」

「じつは、諏訪町《すわちょう》の陸尺屋敷《ろくしゃくやしき》での依頼なんだけど」

友蔵が口にした。

「帰ります」

手鞠は即座に言った。諏訪町の陸尺屋敷といえば、かなり有名な岡場所である。吉原の次は岡場所なのか、と少々腹をたてる。

「遊女の客相手のいんちきな手紙は好きじゃないんですけど」

とげとげした声を友蔵にぶつけた。

「そんなことはわかってるよ。でもさ、その中にも本物の恋だってあるじゃないか」

友蔵が手鞠の顔色をうかがうように言う。

「本物なら自分で書くでしょう。自分で」

友蔵に嚙《か》みついた。そもそも、恋文を他人に書かせるのはないだろう。単なる代筆ならともかく、中身まで他人にまかせるのでは真心が感じられない。

「それに、客にむけた手紙じゃないんだ。場所は陸尺屋敷だが、依頼主は遊女じゃないんだよ」

「どういうことですか？」

「行って事情を聞いてから、断るなら断っておくれよ」

友蔵が気弱に言う。

一見、手鞠の好きにしていいと言っているようだが、行ったら泣き落とされるのが目に見えている。

「どんな事情なんですか。行ったら書かずに帰れないでしょう」

「うん。それなんだけどね」

友蔵が真面目な顔で頷《うなず》いた。

「恋文に何を書けばいいか分からないそうだ」

「はい?」

手鞠は思わずきつい声になった。

「意味が分からないんですけど」

「だから行っておくれって言ってるじゃないか」

友蔵が困った顔になる。

この頼みは少しおかしい。友蔵はどんなことをいっても代書屋だ。書く内容のわからない手紙を受けてくるなんてことは絶対にしない。

おまけに、本来代書は相手が店までやってきて頼むものだ。吉原のような特別な事情がない限りは依頼人のもとに出向く機会は少ない。

それがわざわざ手鞠のほうが出向いて手紙を書かなければならない、というのはかなり不思議なことである。

店まで来てください、と言えば済む話だからだ。

つまり、相手がなんらかの事情で店までこられないということだ。

わけありが重なったような出来事ということか。

「まさか、八文や十六文でこき使うんじゃないでしょうね」

「とんでもない。値段は破格だよ。二朱だ」

二朱というと五百文である。通常二十四文だから、ほぼ二十倍だ。どう考えても普通の仕事とは思えない。

「危ない話じゃないですよね……」

「それはない」

友蔵がきっぱりと言った。事情は知っているが、手鞠には説明しにくいのだろう。

「まあいいでしょう。友蔵さんの顔を立てます」

「ありがとう」

「舟賃は出してくださいね」

「もちろんだ」

代風堂のあたりから諏訪町というと、舟で行く方が楽である。柳橋の船宿から舟を出してもらって、駒形町《こまがたちょう》で降りるのがいい。

手紙を書くだけなら夕方までには戻れるだろう。

「わかりました。行ってきます」

ため息をつくと、手鞠はでかけることにした。

店を出てから、場所としては悪くない、と思い直すようにした。

駒形町は大川《おおかわ》に面している。大川はさまざまな魚がとれるが、何といっても泥鰌《どじょう》と鰻《うなぎ》がとれることで有名だ。

仕事が終わったら鰻か泥鰌で一杯やるのも良いだろう。

そんなことを思いながら柳橋に行った。船宿の升田に顔を出す。

「吉原かい」

女将《おかみ》がやってきて、笑顔で言う。

「駒形です」

手鞠が言うと、女将は不思議な言葉を聞いたような表情になった。

「泥鰌でも食べに行くのかい」

「それもいいですけど、今回は仕事です」

「わざわざ向こうまで手紙を書きに行くのかい」

「なんだかそんなことになってるんですよ」

「それはちょっと長丁場になりそうだね」

女将が心配そうな顔をした。

確かにそうかもしれない。簡単に帰れるなら、相手がこちらに足を運んでくるだろう。そう考えると泊まりの仕事になるかもしれない。

「とにかく気をつけてね」

そう言いながら、船を手配してくれた。

八月の川は、鰻のような色をしている。その川を、海から上ってきた鰻は上流に向かって進んでいく。

この時季の鰻はまだ小さくて、とって食べたりすることはあまりない。もう少し育った鰻を食べるのである。

大量の鰻がうねうねと川を上っていくので、川の色もなんだか紫色に見えた。

ぼんやりと泳いでいる鰻を見つめているうちに駒形に着いた。

「ありがとうございます」

舟から降りた光景に、思わずため息が出た。

駒形は日本橋とはまったく違う。よく言えば勇ましい町である。夏なので、暑気払いに褌《ふんどし》姿の男連中が川に飛び込んでいる。

川から上がった連中は川べりの屋台で昼間から飲んでいた。

そして路上に酔っ払いがごろごろと転がっている。

羨《うらや》ましい。

正直に思う。さすがに路上に転がることはできないが、昼から酒を飲んでごろごろできるというのはこれ以上ない幸せだろう。

清水稲荷《しみずいなり》を右手に見て、二本目の道を右に曲がると、左が陸尺屋敷である。

陸尺屋敷は料理茶屋が集まった場所である。深川《ふかがわ》の永代寺門前仲町《えいたいじもんぜんなかちょう》などと雰囲気は似ているが、もう少し静かな感じだ。

もちろん料理も出すが、芸者も呼べるし遊女も呼べる。いわゆる岡場所である。

吉原と違って非合法だから、なにかあると捕まってしまう。といってもそうそう捕まることはなくて、いつも平和に商売をしていた。

友蔵からは陸尺屋敷の「おさと」という女将を訪ねろと言われていた。

一番大きい料理茶屋に入り、下足番の男を捕まえた。

「おさとさんという方はいますか」

「あんたが手鞠さんかい？」

下足番の男が嬉《うれ》しそうに言った。

店ではすっかり手鞠が来ることになっていたらしい。断ってもいい、というのは友蔵の寝言だったとしか言いようがない。

「そうですけど。おさとさんがいらっしゃるのはここであってますか」

「ああ、待っていたよ」

どうして下足番の男が嬉しそうになるのだろう、と不思議に思う。

料理茶屋の奥に通されると、ひとりの女が布団に寝ていた。

部屋の中には薬の匂いが漂っている。どうやら体をこわしているようだ。女の布団のそばには別の女がいた。年齢と雰囲気からして、こちらがここの女将だろう。

「手鞠さんですか。こんなところまですいません。女将のさとでございます」

女将が両手をついた。

「ごめんなさい。とりあえずお邪魔するように言われて来たんです。ご事情を聞かせてもらってもいいですか」

「実は、こちらの方が恋わずらいなのです」

女将が神妙な顔で言う。

手鞠が呼ばれる以上、そういう話であることは予想が付いた。

「いったい誰に恋しているのですか」

「白野団十郎《しろのだんじゅうろう》というお方です」

「武士なのですか」

「浪人ですね」

「いったい何で寝込むようなことにまでなってるんですか」

「ご紹介が先でしたね。こちらにいるのは深川の材木問屋、中川屋《なかがわや》のお嬢さんで、沙羅《さら》様です。恋わずらいと聞いて、何かお力になれないかとうちの店で休んでもらっているのです。日頃贔屓にしていただいていますので」

紹介されて、沙羅は布団からなんとか起き上がった。

「はじめまして。このような失礼をおゆるしください」

やつれた顔をしているが、それでもすごい美人である。相手が恋わずらいをすることはあっても自分はしなそうだ。

「思う人がいるのなら、自分で手紙を書いたほうがいいのではないですか？」

手鞠は思わず言う。こういうときは、自筆のほうがいいに決まっている。

「それが、文面を思いつかないのです」

そういうと、沙羅はほろり、と涙をこぼした。

「なにかわけがあったのですね」

文面が思いつかないというよりも、心に傷があって筆がとれないといった様子である。

「白野さんという方はそんなに美男子なんですか？」

「いえ。むしろ逆です。鼻がかなり大きくて、どちらかというとお顔はあまりよろしい方ではございません」

意外な答えである。

「なにかきっかけがあって恋に落ちたのですか？」

「それが、白野様は替え玉だったのです」

「どういうことですか」

事情を尋ねると、側にいるさとが説明をはじめた。

「もともとお嬢様は栗栖《くりす》様という方に恋して手紙を書いたのです。そうしたら素晴らしい手紙が返ってきて。そのまま手紙のやりとりをしていたのですが、ある日手紙を書いていたのが白野様だったと分かったのです」

「栗栖という人も代書屋を雇っていたということですか」

「いえ。栗栖様はお嬢様に気がなくて。手紙を見て気の毒に思ったご友人の白野様が代わりにやり取りをすると申し出られたそうです。どうやら町でお嬢様を見かけて思いを寄せられていたみたいで。ところが身代わりで手紙を書いていることに良心が痛んだのでしょう。真実を打ち明けられた後に申し訳ないことをしたと、白野様とは連絡がとれなくなってしまいました」

そういう事情ならもう仕方がない。縁がなかったと思うしかないだろう。

「相手に気がなかったのなら仕方がないですね」

手鞠が言うと、沙羅は首を横に振った。

「栗栖様はよいのです。手紙のやり取りをしている間に、お嬢様は白野様のお人柄にすっかり惹《ひ》かれてしまったのです。白野様を失ったことが悲しいのです」

確かに手紙には人柄が出る。手鞠にしても、代筆する時には依頼人の人柄がよく見えるように工夫して書く。

だから手紙そのものに恋をしたとしても不思議なことではなかった。

「それなら白野様に好きだといえばいいではないですか」

「もし拒絶されたら立ち直れません。そう思うと何を書いていいのかさっぱりと分からないのです」

それもわかる。しかし、手鞠ではどうしようもない気がした。

「お相手がどこに住んでいるのか分からないのですか」

「分かっていますが、いきなり訪ねていくようなこともできないでしょう」

相手からすれば、沙羅を騙《だま》し続けたという引け目がある。今更どうやって顔を合わせればいいのかわからないのだろう。

そう考えると手紙を届けるというのは悪くない。

「わかりました。お受けしましょう」

沙羅の様子があまりにも不憫《ふびん》なので、手鞠は依頼を引き受けることにした。

「ただし、やり方はこちらに任せてくださいね」

「何か考えがあるのですか」

「偽物の手紙には偽物の手紙でお返しをするのがいいでしょう」

「どういうことですか」

「わたしが沙羅さんのかわりに手紙のやり取りをして、白野様の心をほぐしてみますよ。いままでの手紙はとってありますか」

「はい」

沙羅から手紙の束を渡された。一年にわたる手紙である。かなりの数があった。

どうやら、沙羅のほうから結婚したいと申し出て、逃げられないとわかって真実を告白したようだった。

手紙の内容は真摯《しんし》で、沙羅のことを心から好いているように見えた。

どうやら、手紙をやり取りしている間にふたりとも本当に恋に落ちたらしい。

手紙のやり取りをするにしても、とりあえず会ってみた方がよさそうだった。

「今日のところは帰ります。準備ができたらお知らせします」

「待ってください。どうせなら食事でもいかがですか。お酒もいいものを用意してあるんですよ」

お酒と聞いて、心が揺らいだ。

「どんなお酒ですか？」

「葡萄《ぶどう》酒です。葡萄をつけた焼酎《しょうちゅう》ではなくて、葡萄の汁で作ったお酒なんです」

それは聞いたことはある。舶来の酒らしい。

「長崎から取り寄せたのですか」

「いいえ。若狭《わかさ》のものです。若狭で少量ですが作っているのを取り寄せているのです」

「それは面白いですね」

そう言われては断ることはできない。葡萄酒。どんな味なのだろう。

「折角なので頂戴《ちょうだい》しようかしら」

そんな珍しいお酒、飲んでみたくてたまらないが、あまり興味はないけど、という態度を示す。手紙を書きにきて酒で目の色を変えるのは恥ずかしい。

奥の間には手鞠のために簡単な席がしつらえてあった。女中が二人、手鞠の給仕についてくれた。

「笹《ささ》です」

「あけびです」

二人とも頭を下げる。十八歳くらいだろうか。どちらも可愛らしい。帯を前に結んでいるから、さっと遊女なのだろう。

徳利《とっくり》に入った葡萄酒をお酌してくれる。

湯のみに入れられた葡萄酒はかなり香りが強い。甘い香りがする。一口飲むと、甘味とともにほのかな渋みを感じた。

だが飲みやすい。

「葡萄酒は少し寝かせた方がおいしいんです。これは去年とれた葡萄なんですよ。

新酒だともっと甘さが強いです」

「飲んだことはあるの」

「はい。お客様に御馳走《ごちそう》していただきました」

笹もあけびも嬉《うれ》しそうに葡萄酒を見つめた。

「それで、これにはなにを合わせるのがいいのかしら」

「こちらをどうぞ」

出してくれたのは、どうやら雉《きじ》の肉のようだった。皮がぱりっと焼けている。山《さん》椒《しょう》の香りがした。

口にいれると、皮の脂の甘味を感じた。塩はかなり強くふってある。山椒がうまく肉の臭みを消していた。

肉の味を感じた後、口に葡萄酒を注ぎ込む。葡萄酒の強い味が肉と調和した。これなら普通の酒よりも葡萄酒のほうがいい。

「すごいね。美味《おい》しいね。こういうやつは初めて飲む」

葡萄からこういう味の酒が作れるというのは思ったこともなかった。クセになりそうな味ではある。

「こちらもお試しください」

出してきたのは天婦羅だった。車海老《くるまえび》とタコ、イカである。

一口齧《かじ》ると、さっくりとした食感と、海老の濃い味が口の中にひろがる。これも葡萄酒にはよくあっている。

「美味しいですね」

「うちの自慢です」

笹が言った。

「おふたりは、あの沙羅お嬢様を知っているの」

「はい」

二人が同時に首を縦に振った。

「それなら事情も知っているのね」

「はい」

やはり同時に首を縦に振る。

「少し聞かせてくれるかしら」

手鞠が尋ねると、笹が口を開いた。

「あの栗栖という男は大変タチの悪い男なのでございます。お金を持っている家の娘をたぶらかして、後で金を強請《ゆす》って生きている男なんです」

「そんな人、みんな反対したのではないの」

「はい。ですがお嬢様の恋心が強くて止めきれなかったのです」

「それなら手紙の相手が白野という人で良かったわね」

「白野様は素晴らしい方なのです。ただあの栗栖という男にまとわりつかれていて、なかなか縁が切れないご様子なのです」

あけびが笹に代わって口を開く。

「少々個性的なお顔なので、恋ということに対してはすごく腰が引けている方でもあるのです。手紙だけでも恋人のやり取りを楽しみたかったのだと思います」

「それで文通が始まったのね」

そのやり取りの中で、沙羅は本当に白野を好きになってしまったということか。

白野は騙《だま》していた罪悪感から沙羅を拒絶しているのだろう。

いい男ではないか、と手鞠は思う。しかしそれだけに簡単には沙羅の心を受け取ってはくれないだろう。

白野の方はどれほど真剣に沙羅に恋をしているのだろうか。まずはそれを確かめねばならない。

「とにかく少し調べてみるわ。時間をいただきます」

葡萄酒を飲んでしまうと、手鞠はとりあえず代風堂に帰ることにした。

友蔵のもとに帰ると、まずは知っていることを聞き出すことにした。

「友蔵さんは、あの白野という男を知っているの」

「知っているよ」

「何もかも知っているなら、わたしが間に入る必要なんてなかったじゃないですか」

「それがそう簡単でもないんだよ。あの白野さんはなかなか気難しい人でね。実は両思いなんだからどうでもいいじゃないですか、などという理屈は通じないんだ」

「どんな人なんですか」

「浪人なんだけどね。仕事は戯作者《げさくしゃ》なんだよ。剣の腕の方も立つので、剣豪戯作者なんて言われてるらしいよ」

「それは珍しいですね。どこに住んでるんですか」

「九段《くだん》だ。俎橋《まないたばし》のあたりだね」

「一回行ってみるしかないですね」

「手鞠ちゃんが引き受けてくれて嬉しいよ。よろしく頼むね」

「今回はいいですけど。代書屋ですから、恋の手引きをするまでは仕事の内に入っていないということを覚えておいてくださいね」

「悪かったよ。今回だけだ」

友蔵は改めて頭を下げた。

「私の手紙で男女がポンポンとくっつくと、なんだか悲しくなるんですよ。恋の手引きばっかりして自分には全然恋がやってこないって」

「手鞠ちゃんならいつでも相手ができると思うよ」

「意味のない慰めは止めてくださいな。いつかどこかで誰かが君を認めてくれるよ、なんて薬にもならないんですよ。目の前にいる誰かが、好きだよと言ってくれた時に初めて恋というのは進展するんです」

手鞠はきっぱりと言った。お世辞で言われる可愛いなど、何の足しにもなりはしないのである。

「それなら……」

友蔵が何か言いたげにもじもじと顔を赤らめる。

「それなら俺が、もなしです。雇い人の気力をあげようとしてくれる気持ちは嬉しいですが、明らかなお世辞は不要です」

それから手鞠は右手を出した。

「今日はもう少し別の仕事を片付けてから帰ります。依頼の手紙を出してください。

簡単なやつを」

「分かった」

友蔵は手間のかからない手紙を選《よ》り分けて渡してくれた。

とりあえず今日のところは早く寝て、明日《あした》白野を訪ねてみようと思う。

その晩は色々気になって酒を飲む気にもならず、さっさと寝た。

そして翌朝。

手鞠は白野団十郎を訪ねた。

白野の住んでいる長屋は俎橋のそば。飯田町《いいだまち》にある長屋であった。浪人が数多く住んでいるので浪人長屋というらしい。

田安稲荷《たやすいなり》のごく近くだ。このあたりは浪人からすると生活しやすいのだろう。九段坂はすごく急な坂で、老人などはひとりで登ることもできない。

そこで背中を押したり手を引いてあげると四文もらえる。一日九段下に張りついていれば一日の食事代くらいにはなった。

道としてはすぐそばの中坂の方が便利なのだが、九段を使う人も多い。のぼりきったところから見える海の景色がなんともいえず綺麗《きれい》だからだ。

手鞠ものぼったことがある。独特の海の風景は癖になるともいえるが、そのために坂をのぼるのはなかなかしんどい。

長屋の入口のところに八百屋があった。茄子《なす》と瓜《うり》が置いてある。

「こんにちは。白野さんのお宅はどちらですか」

声をかけると、八百屋のおかみさんが顎《あご》をしゃくって奥をさした。

「あそこだよ。今日は瓜を食べてなにか書いてると思う」

どうやら、白野が戯作者だというのは知られているらしい。

「ごめんください」

外から声をかけると、涼やかな声がした。

「鍵《かぎ》などはかかっておりませぬよ」

中に入ると、白野はなにか書いているところだった。

「お仕事中すいません」

挨拶《あいさつ》をすると、白野は手を止めた。

「何の御用でしょう。見たところ仕事の依頼でもなさそうだ」

手鞠のほうに目を向ける。間近で見ると、確かに鼻の目立つ顔をしている。

「沙羅さんのことでお話があるのです」

手鞠が言うと、白野は渋い顔をした。

「彼女には申し訳ないことをした。もう二度と会わないことで償いとしたい」

「沙羅さんはあなたのことが好きなのです」

手鞠が言うと、白野は首を横に振った。

「彼女が好きなのは栗栖という男です。決して私ではない」

「そんなことはないですよ。あなたとの手紙のやり取りの中で、あなたの方を好きになったのです」

「信じられない」

白野が否定する。改めて白野の顔を見る。確かに目だって鼻が大きい。それはよくわかる。しかし温和な佇《たたず》まいには十分に人を惹《ひ》きつける魅力があった。

着物は浪人らしい黒の着流しだ。よく手入れされていて清潔な感じがする。声も高すぎず低すぎず、耳に心地よい声である。

戯作者ということを考えるなら知性もあるに違いない。

かたくなに自分が好かれていないと思い込むのは不自然と言える。

「どうして彼女に好かれていないと思うのですか」

「拙者が醜いからに決まってるだろう」

どうやら、問題は白野の心の方にあるらしい。

「どうあっても信じられないと言うのですね」

「信じられない」

「わかりました。では反対にききますが。白野さんは沙羅さんのことをなんとも思っていないのですね。沙羅さんの心を弄《もてあそ》ぶのが楽しくて手紙を書いていたのですね」

手鞠が聞くと、白野は苦しそうな表情になった。

どうやら白野の気持ちも本物のようだ。これならいけるだろう。

「戯作者のくせに随分と頭が固いんですね」

手鞠はぴしゃりと言った。

「そんなことを言ったら美男美女しか恋ができないことになってしまうではないですか。江戸中に恋が転がっているのをどう思われますか」

手鞠に言われて、白野はため息をついた。

「だが、私は格別女子《おなご》から好かれないのだ」

「そんなことはないでしょう。こう言っては何ですか、少し自分への愛情が強すぎるのではないでしょうかね」

わざわざ嫌みっぽくいう。

「どういうことだ」

「女に好かれなくてかわいそうな自分、というのが好きなんでしょう。そうしておけば誰かを好きになっても何もしない言い訳が立ちますね」

「そのようなことはない」

白野はきっぱりと言った。

「いえ。きっとそうです。愛情を示すのは怖いですよね。けれど、根性なしにもほどがあると思いますよ」

「いくら何でも言い過ぎだろう」

白野が気色ばんだ。

「ではわたしと勝負しましょう」

「勝負だと」

「沙羅さんは、あなたへの恋心が募りすぎて、今何もできずに寝込んでいるのです。わたしは代書屋として、沙羅さんの気持ちを代筆するために呼ばれました。もともとあなたが嘘を書いた手紙が発端なのですから。手紙の勝負といきましょう」

「どうすればいいのだ」

白野が静かな声で言う。

「わたしは沙羅さんから話を聞いて、あなたに恋の手紙を書きます。あなたはそれに対してつれない返事を書いてください。一月の間つれなくできればあなたの勝ち。沙羅さんを受け入れる気になったらわたしの勝ちです。手紙の上での恋のやりとり。戯作者かなんか知りませんが、代書屋としてあなたに勝ってみせます」

これはなかなか無謀である。文章力という意味では白野の方がきっと上なのだろう。とはいっても戯作と手紙は違う。

手鞠としては、恋文屋の意地もある。

「勝負するほどの意気地はありませんか」

「勝負と言われて尻尾《しっぽ》を巻くことはできません。お受けしましょう」

手鞠に言われて、白野もその気になったらしい。

こうして、手鞠は白野団十郎と手紙勝負することになったのであった。

「この手紙の代金って誰が払ってくれるんでしょうね。沙羅さんですか」

店に戻ると手鞠は、友蔵に詰め寄った。

「代書よりさらに手間がかかるんですけれど。料金はいくらになるんでしょう」

「そんなこと言われても、勝手に勝負に持ち込んだのは手鞠ちゃんじゃないか」

友蔵が困ったような顔をした。

手紙勝負となるとただの代書とは違う。もちろん沙羅に言って料金をもらうつもりではあるのか、手鞠が金額を交渉するような筋でもないだろう。

だからとりあえず友蔵にあたってみるのが正解だろう。

「そもそも自分とくっつくわけでもない男に一月もの間恋の手紙を書き続けるってちょっと悲しすぎると思いませんか」

「それは思う」

友蔵も頷《うなず》いた。

「いくらなんでもわたしがかわいそうです」

もちろん全て自分ではじめたことである。頭に血が上って手紙勝負などというものを仕掛けてしまった自分のせいだ。

全く自業自得だから誰を責めるわけにもいかない。

「そんなことをして、本当に手鞠ちゃんが恋に落ちたりしないだろうね」

友蔵が少し心配そうな声を出した。

「ありえないこととは言えないですね。とにかくいい男だという感じがします。なんで自分が女に好かれないと思い込んでいるのか」

「モテる人ほど、案外モテないと思い込むのかもしれないね。それで、本当に恋に落ちたらどうするんだい」

「冗談ですよ。ないです。依頼人は沙羅さんなんだし」

「そうか」

友蔵は確認するように手鞠の顔を見る。

「わたしみたいに本当にモテなくてモテないと思ってる人間もいますけどね。あの人は違うみたいです」

「手鞠ちゃんも案外モテてるんじゃないかね」

「もう、お世辞は嫌いですってば」

きっぱりと返すと、手鞠はどういう手紙を書くか考えた。

とにかく白野は自分に自信がない。何とかして自信を持たせることができれば沙羅を受け入れることもできるだろう。

手鞠が代筆をしているというのはわかってるから、かえって身構えることなく読むことができるのではないかと思われた。

ここは仕事としてきっちりとカタをつけさせてもらいたいところである。

「今日のところは普通の仕事をしますから」

友蔵に宣言する。

「もちろん好きにしてくれていいよ。先方にはこちらから話をつける」

友蔵は気弱な笑顔を浮かべた。

猛烈な勢いで仕事を終えると、とりあえず何か食べようと思い立つ。

「手鞠ちゃん。これはどうかな」

すると友蔵が白い浴衣《ゆかた》を手に声をかけてきた。

「これは何ですか」

「似合うかと思って手に入れたんだけど、着てみないかい」

「え？　私にですか？」

「そうだよ」

友蔵が少し恥ずかしそうに頷く。

「よりによって白い浴衣ですか」

手鞠は少々困惑して友蔵を見た。

浴衣は紺が基本である。確かに白い浴衣は人気ではある。ただし夜に白い浴衣を着るのは美人だけだと相場が決まっていた。

だから白い浴衣を女にさしだすのは、「あなたは美人です」と告げるに等しい。

口説いているということでもある。

友蔵は知っていてこれを渡してきたのだろうか。それとも服装にうとすぎて、知らずに差し出しているのだろうか。

服装にうといだけだとすると断るのも悪い。だが、万が一口説かれているのだとしたら簡単に受け取るわけにもいかない。

どうしよう、と体が固まった。

「きらいだった？」

友蔵が心配そうに言う。

なんという微妙な言葉を選ぶのだ、と手鞠は更に困惑した。

「いえ。お借りします。着替える場所はありますか」

「本当かい？　それなら奥の部屋を使うといいよ」

部屋を借りて浴衣に着替える。白地に赤と青で手鞠を染めてあった。古着を買ってきたというよりも、新しくあつらえたという感じだ。

友蔵がもしその気であるなら、一緒に夕涼みに、と誘われることになる。

そんなことがあるのだろうか、と少々顔が赤くなるのを感じた。いや、と首を横に振る。考えすぎだろう。

友蔵は妙に気が回るところがあるから、そのせいに違いない。せいぜいいつも沢山依頼を受けていることへのお礼くらいの意味だろう。勝手に意識しては相手にも迷惑である。

それにしても浴衣を贈るとは大胆だ。単衣《ひとえ》と違って浴衣はまさに湯上りに着るものだから、これで外出することはあまりない。

艶《つや》っぽいから、逆に女性が相手の心を射止める時にはよく使われる。

着替えると涼しくていい感じだが、これで友蔵の前に出ると思うとなかなか恥ずかしい。単衣であれば襦袢《じゅばん》の上に着るが、浴衣は素肌の上に直接着る。

腰に巻いた縮緬《ちりめん》だけだから、下着で外に出るようなものだ。

みっともなくなっていないのか、つい心配になる。

「お待たせしました」

友蔵のまえに出ると、友蔵も顔を赤らめた。

「よく似合ってるよ」

「ありがとうございます」

「あの」

友蔵が言う。

「なんでしょう」

「俺と夕涼みに行くのはどうだい」

来た、と手鞠は思う。黄金の定石だ。しかしここで勘違いするのはいくらなんでも恥ずかしい。あくまで雇い主としての気遣いだろう。

「いいですよ。ついでにお酒でも飲みますか」

できるだけ軽い調子で返す。

「いいねそうしよう」

友蔵も頷いた。まるでからくり人形がしゃべっているようなぎくしゃくした声だった。

そういう声を出さないで欲しい。こちらまで緊張する。

よく考えると、男の人と二人きりで酒を飲むのははじめてだ。だから友蔵のほうに緊張されると困る。

「いつもと声が違いますよ」

もとに戻そう、という意味だったのだが、自分の声まで引きずられて上ずっていた。自分ながらからくり人形のような声だ。

「なんだかお互いいつもと違いますね」

言ってはみたものの、まったく場をなごませる雰囲気にならない。

「とにかく歩きましょう」

そう言って横にならんだ。

「下駄《げた》も用意しておいたよ」

友蔵が駒下駄を用意してくれていた。紅絹《はな》の鼻緒に、手鞠の柄が染めてある。

「あつらえたんですか？」

「知りあいが扱っていたので、安かったんだよ」

友蔵が笑った。

それは嘘だろう。鼻緒の値段はいろいろあるが、紅絹はどんなことを言っても絹だから高い。

下駄とあわせて安くても二百文。普通に考えると二朱はする。手鞠が普通に履いている下駄は四十文だから、これはかなりなものだ。

「と言ってもかなりいいものですよね」

「どうせ夕涼みにいくなら、いいもののほうがいいかと思ったんですよ」

急に友蔵が丁寧な言葉で言う。

「もっとくだけたしゃべり方にしましょう。緊張してしまいます」

手鞠は笑ったが、顔が引きつっている。

日常よくあるただの夕涼みだ。

自分に言い聞かせる。

「ごめん。くだけたしゃべり方ってどうやるんでしたか」

それを聞くようではもうくだけた言葉はつかえないだろう。こんな調子では両国ではどうなることだろう。

店から出ると、両国に向かって人の波ができていた。普段と違って夏の夕涼みの時期はとにかく混む。

日本橋はまだいいが、両国では人波に負けてはぐれてしまうだろう。

「はぐれちゃわないですかね？　どうしましょう？」

一応聞いてみる。

この「どうしましょう」には手をつなぐのか、という意味を込めた。

「どうってなんだい」

友蔵には何も伝わっていないようだ。

「はぐれないように手をつなぐのかってことですよ」

なるべく当たり前の口調で言う。照れてしまうとかえってはずかしいからだ。

「あ。ああ」

友蔵ははじめて気が付いたような顔をした。

「どうしようか」

「どっちでもいいですけど。このままだと間違いなくはぐれますよ」

「そうだな。それは困るな」

そう言うと左手を出してくる。

「恥ずかしくなるから照れないでください」

「わかった」

友蔵は答えたが、もう完全に体の動きがおかしい。つられて手鞠まで体の動きがおかしくなってしまう。

「普通にお願いします」

手鞠は右手をつないで歩く。

友蔵の手は緊張でやや固い。

人の流れは両国橋に向かっている。同じ流れだから歩きにくくはなかった。

五月の終わりの川開きのときは花火大会がある。いまは八月だから大きな大会はないが、花火があがらない日というのはない。小さくはあるが、毎日なにかの花火があがるのだ。

両国橋で打ちあがった花火を見物するのが、江戸っ子のなによりの夕涼みだ。品《しな》川《がわ》沖から吹き付ける海風が両国橋のあたりで渦を巻く。なので両国あたりはいい具合に涼しいのである。

そのかわり人混みはすごい。手をつないでいないと体がもっていかれてしまう。

「なにを飲みたい？」

ぎゅうぎゅうの人混みのなか、友蔵が耳元でささやいた。

「冷えたやつですよ。もちろん」

耳元に唇をつけるようにして返事をする。

これはいけない。涼むよりも体が熱くなってしまいそうだ。さっさと広々と飲める場所に動かなければ。両国のあたりは屋台しかない。

座れるような場所を見つけるのは難しそうだった。

「これは少し離れたほうがいいですね」

手鞠は言う。

「離れるって？」

「人気のないあたりに行きましょう。これじゃ全然涼めないです」

「人気がないってどこだい」

「そうですね。橋の下のほうにも屋台があるんですよ」

両国橋の下は暗いが、夏の時期には屋台が出る。暗いといっても提灯《ちょうちん》をともした舟があちこちを行き来しているから、そこそこ明るくはある。

橋のたもとに階段があるので、そこを降りていけば土手があって屋台がある。この酒は安いうえ、川の水でよく冷えていた。

それに橋の下ならではのつまみもあった。

手鞠は空気の匂いをかいで油の匂いを探す。

橋の下は、なんといっても天婦羅がいい。橋の上とは少し違ったものがでてくるが、慣れればなかなかである。

「こっちです」

友蔵の手を引いて天婦羅屋までいく。

「こんばんは。座れる？」

「あるよ。なににする」

「酒と天婦羅。他になにかあるの」

「他はないな」

店主は笑う。

「タネは選べないがいいかい」

「いいですよ」

「変なものを出されたってたまに文句言うやつがいるからな」

「それはオタマジャクシを揚げたときでしょ」

手鞠が言うと、店主が声をあげて笑った。

「これがけっこう美味《うま》いんだよ」

「そんなものはいいから酒と天婦羅をちょうだい」

「はいよ」

店主が準備してくれる。

「変わった店を知ってるんだね」

友蔵があたりを見回した。

「ここは穴場なんですよ。少し雰囲気が悪いですが、安くて美味《おい》しいんです」

言っている間に酒が出てきた。茶碗《ちゃわん》に、梅の甘露煮が入っている。

そこに川の水で冷やした日本酒をそそぐ。日本酒は白く濁っていた。

「うちはどぶろくしかないからね」

友蔵は、珍しそうに見ている。

「じゃあ、いただきましょう」

そういってどぶろくを飲む。

暑い日の冷えたどぶろくは、とにかく胃にしみる。どぶろく特有の甘味が、舌から喉《のど》にかけて渦をまく。

美味い、といいかけて声を殺す。いくらなんでも友蔵の前で叫ぶわけにもいかないだろう。

ひとり酒とはいろいろと勝手が違う。

「はいよ」

次いで店主が天婦羅を出してきた。

「これは？」

友蔵が聞いてくる。

「沢蟹《さわがに》の天婦羅だよ」

両国の橋の下には沢蟹がたくさんいる。それをとって網の中で生かしているのだ。客が来たら生きてるやつをそのまま揚げる。

揚がったものにざっと醬油《しょうゆ》をかけて出してくれる。薬味はない。

揚げたての沢蟹は美味しい。がぶりとかじりつくと、甘味のある中身がじゅわっとあふれだした。

そのあとで酒を流しこむと、もうなんともいえない。

思わず声を上げそうになるが、一生懸命大人しくした。

ここはひとりのほうが気楽だったかもしれない。

「こういう飲み方もいいな」

友蔵が少し気楽な口調で言った。酒が入って少し落ち着いたらしい。

「これもあるよ」

店主が別の天婦羅を出してきた。

「あ、これがあるんだ」

店主が出してきたのは無花果《いちじく》の天婦羅だった。

「今日は当たりだね」

無花果の天婦羅は美味しい。軽く塩を振ると、酒にもよくあう。沢蟹との相性もいいから、交互に食べると止まらなくなる。

無花果の天婦羅を頬張っていると、背後で大きな音がして、花火があがった。

川面《かわも》に花火がうつりこんであたりが明るくなる。闇の中で、抱き合っている男女の姿が浮かび上がった。

友蔵の体が固まった。

まずい、と手鞠も思う。これはさすがに気まずい。

「そろそろ帰りましょうか」

空気を変えるように手鞠が声をかけると、友蔵はぎこちなく頷《うなず》いた。

勘定を払うと、あわてて橋の上に戻る。

「今日は御馳走様《ごちそうさま》でした」

友蔵に頭を下げる。

「また来ようか」

友蔵が照れたように笑う。

「そうですね。また来ましょう」

ひとり酒の気楽さはないが、友蔵と飲むのもそんなに悪くはない。

そう思っていると、また花火があがった。

「ではまた明日《あした》」

手鞠が言った。

「そうだね。近くまで送るよ」

そういうと、人混みもないのに友蔵が手を握ってきた。

「ありがとうございます」

たまにはこういうのも悪くない。

これが雇い主ではなくて恋の相手ならもっといいのだがと思いつつ、手鞠は少しだけときめいたのだった。


夏の朝は早い。冬よりも時刻自体が早くなるからだ。同じ卯《う》の刻でも、夏のほうが早くやってくる。

そのせいか、朝の空気の匂いも冬とはかなり違う。冬のきんきんとした匂いと違って、暖められた空気の匂いがする。

ひんやりとした匂いの中に生活の匂いがあるのが夏である。

「気まずいな」

自分の長屋で目覚めた手鞠はこっそりと呟《つぶや》く。

友蔵と手をつないで歩きまわるというのはどうだったのだろう。少々無礼が過ぎた、と反省する。

とりあえず風呂《ふろ》に入ってから店に行こう、と思う。酒の匂いが体に残っているといやだ。

手拭《てぬぐ》いと糠袋《ぬかぶくろ》をつめた風呂敷《ふろしき》を持って家を出た。

早朝の風呂屋は、一仕事終えた人と、これから仕事にいく人で混んでいる。

女湯は、男湯に比べると早朝は大体空《す》いている。八文払って中に入った。

桶《おけ》を手にとると、お湯を汲《く》んで体にかける。

皮膚が目覚めるほど熱い。少しだけかけて、あとは桶に汲んで少しぬるくなるのを待つ。

とりあえず糠袋で体を洗うことにした。

「あら、手鞠ちゃんじゃないの」

声がすると、手鞠の横に、千里《ちさと》が腰をかけた。千里は親父橋の近くで焼酎屋《しょうちゅうや》を営んでいる女将《おかみ》だ。

亭主と二人でやっている小さな店だが、味のよさと二人の人柄でいつも客が絶えない。

「最近全然来ないじゃない。うちの店に飽きたの？」

「違いますよ。いろいろとあって行けなかったんです」

「じゃあ今度来てね。というか今夜」

昨日は友蔵と二人だったから、今日はひとり酒がいいだろう。

「手鞠ちゃんの好きな梅が入ったよ」

「行きます」

身体が反応してしまった。

「梅が入った」と千里が言うのには特別な意味があるのだ。千里の店では、梅が入ってくるとすぐに砂糖と酢に漬ける。そうして、梅を酢ごと湯のみにいれて焼酎を注ぐのだ。

考えただけでも飲みたくて堪《たま》らない。

「たっぷり飲んでおくれ」

今日は朝から運がいい。さっさと体を洗うと、湯に浸《つ》かる。

銭湯の湯は熱い。ゆったり浸かるというのは無理である。足の先をつけると、足先から痺《しび》れてくる。

ここでためらったら負けである。もう入れない。

思いきって体を沈める。びりびりと湯が皮膚を蹴《け》り飛ばしてくるような痛みに耐える。十数えると湯から出た。

「わかりましたよ」

十数えただけなのに体が真っ赤である。夏はやはり倍の値段を払ってでも女専用の女風呂に入るほうがいいかもしれない。

だが、すぐ飛び出してしまうような熱い湯も気持ちよくはある。体を拭《ふ》いて単衣《ひとえ》に着替えると外に出た。湯の余韻があるから外の風が涼しくて気持ちがいい。

風呂道具を家に置くと、すぐに代風堂にでかけた。

今日から白野に手紙を書かなければいけない。

代風堂に着くと、友蔵がぎこちない笑顔で迎えてくれた。

「おはよう」

「おはようございます」

なるべくそっけなく挨拶《あいさつ》を返す。お互い照れてしまうと恥ずかしくてやってられないからだ。

こういう時は冷静でいるべきだ。

「今日の仕事をくださいな」

手紙を受け取ると奥の部屋に入る。代風堂には今日も代書屋が何人もいて、繁盛している。友蔵も手鞠にばかりかまけてもいられないだろう。

通常の仕事をしながら、白野への手紙の内容を考える。

とにかく白野が自分に自信を持っていないというのが問題だ。おそらく、自分の能力には自信があるのだろう。それを覆い隠してしまうほど顔に自信がないのだ。

それをどうやったら手紙でとりのぞけるのだろう。鼻に触れるべきか、触れないべきか。

しかし、触れないと前に進まない。傷をえぐることになるかもしれないが、やってみるしかないだろう。

最初は不快かもしれないが、相手も慣れるかもしれない。

「大きな鼻ですね。男らしくて好ましいです」

正面から褒めてみる。これは実際に沙羅がこぼしていた言葉である。

それから沙羅に代わって日々の細々としたことを書いてみる。沙羅の様子や白野への思いは陸尺屋敷から手紙で知らされていた。

そして、沙羅のことが嫌いなのかも聞く。

本人には言えなくても他人には案外言えるものだ。

書き終わると、友蔵を呼んだ。

「これは白野さんへの手紙です」

こういえば丁寧に扱ってくれるだろう。

「わかった。面倒をかけたね」

友蔵は手紙を受け取った。なんだか表情が煮え切らない。

「手鞠ちゃん、怒ってる？」

不意に言われた。

「なんでですか？」

「なんとなくそんな気がしただけだよ」

「勝手に想像しないでください。腹を立てているならそう言いますよ」

きっぱりと言い切る。

どうして友蔵は手鞠が腹を立てていると思ったのだろう。

「ごめんね。なんとなく気まずいかなと思ったんだ」

「わたしはいつも通りのわたしです」

いつも通りというわけでもないのだが、そういうことにしておいた方が平和だろう。

手紙を渡すと、店から出た。

雨の匂いがする。空を見ると、雲がうわん、と集まっていた。思わず店を出るのをやめて部屋に戻る。

「どうしたんだい」

「夕立ちが来るから、やむまで仕事をすることにしました」

と言って、考えを改める。

「いえ。やっぱり仕事はしません。いけませんもの」

夕立ちのときに手紙を書くのはよくない。紙も湿気を含むし、筆や墨もしけって水っぽくなる。

単純な雨も困るが、夕立ちは水気が一気に集まる。だから手鞠は夕立ちの間は仕事をしないことに決めていた。

「じゃあ、ひと休みしよう。お茶でも入れようか」

友蔵が奥に引っこんだ。

はからずも友蔵とお茶を飲む流れになってしまう。

「これ。羊羹《ようかん》」

友蔵が羊羹を出してきた。

「あ、みぞれ羊羹ですね。大好きです」

友蔵との気まずさを忘れて、思わず声が出る。

みぞれ羊羹というのは、干した米粉を使った羊羹だ。小豆《あずき》の黒の中に白い米粉がみぞれのように浮いているからみぞれ羊羹である。

小豆の甘さと米粉の甘さがあわさってかなり美味《おい》しい。友蔵の菓子のえらび方は手鞠とすごく好みが似ている。

「どうぞ」

差し出されるままに食べる。

みぞれ羊羹は、中の米粉が刺激になって、舌先に気持ちよさがある。

「美味しい」

「よかった」

友蔵がほっとしたような顔をする。

「友蔵さんの選ぶお菓子って、いつもわたしの好みです」

言ってからふと疑問に思う。

本当に偶然手鞠と同じ好みなのだろうか。

「あの、もしかして私のために」

手鞠が聞くと、友蔵は首を横に振った。

「そんなことないよ。手鞠ちゃんが食べたいものは不思議と私も食べたくなるんだよ」

「気を遣ってくれてありがとうございます」

「いいや、好きでやっていることだから」

友蔵が言う。

どうしても空気が重くなってしまう。

「今日はお互いなんだかよそよそしいですね」

手鞠が言った。

「そうだね」

友蔵も否定しない。しかし、この空気が続くなら、仕事がやりにくくてしかたない。

「このままぎこちないのでは困ります。昨日は二人で出かけて普段と違うことをしたので、勝手が違ってしまっているのでしょうね」

「そうだね」

「だから、良かったらまた出かけませんか。昨日みたいなことでも慣れれば当たり前になって、何も考えなくてすむと思うんです」

友蔵が、明るい顔で頷《うなず》いた。

「そうしよう」

少し気まずさがなくなったあたりで、丁度よく雨がやんだ。

「では今日は失礼します」

そういうと代風堂から出る。

夕立ちがあがって、空はすっかり晴れていた。さきほどまでの雲はどこに行ったのかと言いたくなる。

風が一気に涼しくなって、じめじめした感じもない。夕立ちあとは一番快適だといえた。

軽い足取りで千里の店に向かう。

まだ早い時間だが、店にはそこそこ客が入っていた。暑気払いのための酒を飲む客たちだ。

暑気払いとなると焼酎《しょうちゅう》がいい。川や井戸の水でよく冷やしたものを飲む。

「手鞠ちゃん、こんばんは」

千里が声をかけてきた。

「あれちょうだい」

「はいはい」

千里はすぐに酒を出してくれた。梅を酢と砂糖に漬けこんだもので焼酎を割る。そのときにつけ汁も一緒に入れてくれる。

酢の酸味もまろやかになっている。焼酎だけでは強いから水を入れているのだが、朝仕入れたいい水をやはり川で冷やしてある。

川沿いの店ならではの工夫だった。

甘酸っぱい焼酎をぐっとあおると、全身から暑さが抜けていく感じがする。

「これは、あまりごてごてしたつまみじゃないほうがいいね」

言いながら千里がつまみを出してくれた。鰯《いわし》を焼いたもののようだ。鰯から山《さん》椒《しょう》の香りが漂ってくる。

口をつけると、舌どころか唇までびりびりするほど辛い。

どうやら唐辛子と酢で漬けた鰯を焼いて、さらに山椒をかけたらしい。辛さでしびれた口の中にやや甘い焼酎を流し込む。

そうすると口の中から辛さが流れていって、鰯の旨味《うまみ》だけが残った。

「美味しいですね！」

思わず声が出る。

「ありがとうね」

言いながら焼酎の入った徳利《とっくり》と、水の入った徳利を置く。

「梅酢が欲しいなら言ってね」

「ありがとうございます」

焼酎を水で割って、飲んだときに少し梅をかじる。酢と砂糖で漬かった梅は甘くて、それだけで酒が進んでしまう味だった。

「これは夏ならではですよね」

「そうだね。これもどうぞ」

千里が出してきたのは煮付けた海苔《のり》であった。食べると、醤油《しょうゆ》の味がした。生姜《しょうが》の味もする。海苔を醤油と生姜で煮たらしい。

これも酒にあう。

「いいですね」

手鞠がいうと、千里は嬉《うれ》しそうな顔になった。

「いい顔だね。そういう顔で飲んでもらえると嬉しいよ」

「本当に美味しいですから」

「そう思うわりには来なかったじゃないか。男でもできたのかい」

「仕事が忙しかったんですよ」

そういってから、ふと、千里なら白野のことをどう思うのか気になった。

「自分の顔が不細工だといって気にしてる人がいるんです。でも、その人のことを本当に好きな娘もいるんですよ。手紙で間をつなぎたいんですけどね」

「ああ。代筆してるんだね」

「ええ。でもどうしたもんでしょうね」

手鞠が言うと、千里は笑い出した。

「なんだ。そんなことで悩んでたのかい」

「そんな、って、手強《てごわ》くないですか」

「全然手強くないよ。だって、それって両想いじゃないか」

それから千里は続けた。

「あたしはうちの亭主のことなんてなんとも思ってなくてさ。ただの通りすがりだと思ってたからね。女房になっていいって思うまで一年以上口説かれたんだよ」

千里が得意げに言う。

「それは言い過ぎじゃないか」

料理をしていた亭主の孫一《まごいち》が奥から叫んだ。

「本当のことじゃないか」

千里は歯牙《しが》にもかけずに続ける。

「そういう相手の心を動かすなら大変だけどさ。お互い両想いできっかけがないだけなら簡単だろう」

「そうはいっても劣等感をぬぐえないです」

「そんなもの、ぬぐわなくていいのさ」

「どういうことですか？」

手鞠が思わず身を乗り出した。

「おかわりいる？　梅酢」

しゃべるかわりにどんどん飲め、ということらしい。

「いきましょう。おかわり」

手鞠の前に、梅と梅酢が置かれる。

「足腰たたなくなるまでいってみよう」

言われるままに焼酎をあおった。

「それで？」

「男のほうもさ。昨日と同じ今日がきて同じ明日《あした》が来ると思ってるから、顔がどうとか言えるんだよ。明日相手が死んでしまうと思ってごらんよ。会わずにはいられないから」

なるほど、と手鞠は思った。たしかにそれなら顔を見ないではいられないだろう。一度顔を合わせてしまえば、あとは上手《うま》くいくに違いない。

問題は、それを手紙でどう伝えるかだ。

酒が大分回ってきたので考えるのは明日にしよう。

限界まで飲んで家に帰ると、倒れるように寝てしまった。


翌朝二日酔いになっていないのはきっと梅酢のおかげだろう。

さて、と手鞠はすっきりした頭で考える。

たしかに、沙羅が死ぬかもしれない、というのはなかなかいい。今回手鞠は代書だから、本人が手紙を書けなくてもいい。

いっそ毒をあおって死にそう、というのはどうだろう。

少々過激な気もするが、白野が沙羅をどうでもいいと思っているなら無視してもいい。

それでいこう、と手鞠は思った。

そうはいっても、連絡が途絶えてものの数日で毒はないだろう。もう少し手紙のやり取りが必要な気がした。

それから十日の間、手鞠と白野は手紙のやり取りを続けた。

褒めようがけなそうが、白野は固い。一向に沙羅に接触しようとしないのだ。

少し違和感があるのは、白野があくまで沙羅が栗栖に恋をしているという形で手紙をかえしてくることだった。

これは、栗栖にも事情を聞く必要がありそうだ。

栗栖という人物が白野の心になにか影響を与えたに違いない。白野と沙羅の関係に栗栖が影をおとしているということだ。

結局のところ、思い切った方法以外は手がなさそうだ。

半月がたったころ、今日は勝負をしようと心に決めた。

今日の手紙は勝負の手紙だ。香りは白檀《びゃくだん》にすることにした。毒をあおったというときに甘すぎる香りだと真実味がないだろう。

毒をあおった沙羅さんの顔も見ないで無視するのでしょうか、としたためる。

白野に気があるならかならずやってくる。

手紙を友蔵に預ける。

「この手紙は急いで届けてきてください。わたしは陸尺屋敷に行ってきます」

「わかった」

友蔵が手紙を受け取る。

あれからしばらくして、友蔵との関係もなんとか自然に戻った。少しほっとする。

ぎくしゃくしたままだと仕事がしにくい。

柳橋に出るとすぐ舟に乗って駒形に向かう。舟を降りて陸尺屋敷に行った。奥にある料理茶屋に向かう。

「どうなさったのですか?」

おさとが迎えてくれた。

「もうすぐここに白野さんがやってくるかもしれません」

手鞠がいうと、おさとは驚いた顔になった。

「まさかそんな、なにかあったのですか?」

「白野さんが恋しいあまり、沙羅さんが毒をあおったと書いたのです。だから心配して来るのではないかと思います」

手鞠の言葉を聞いて、おさとは笑い出した。

「それはなかなか思い切った手紙を書きましたね。でも面白いです。わかりました。こちらもそのつもりで出迎えましょう」

「よろしくお願いします」

手紙でやりとりしていても決着はつかない。白野が死にそうな沙羅を見捨ててもいいと思う人間ならそれもいいだろう。

「ではこちらにどうぞ」

すぐに沙羅のところに通される。

「おひさしぶりです。お世話になります」

沙羅は布団から起き上がって両手をついた。血色はかなりいいが、まだ恋わずらいは治っていないようだ。

手鞠は、手紙のやりとりをすべて沙羅に伝えてある。

「白野様があんなに頑ななのは、栗栖というひとに原因があると思うのですが、沙羅さんはどう思われます」

手鞠に言われて、沙羅は困ったような顔になった。

「栗栖様の顔が好きになったのは本当ですが、お人柄をよく知っているわけではありません。わたくしが好きになった中身はあくまで白野様ですから」

たしかに表面だけよくても、中身がわからないのでは好きも嫌いもない。

「いずれにしても、最後は沙羅さんの気持ちです。これから白野様がいらっしゃるかもしれませんからね」

「がんばります」

沙羅は決意をこめて言った。

手鞠の狙い通り、夕方になると白野がやって来た。が、なんと栗栖を連れてきているではないか。

栗栖の後ろに白野がいる。神妙な顔で腕組みをしていた。

「なぜここに栗栖様がいるのでしょう」

二人が部屋に飛び込んできたのを見て、沙羅が、病気の演技も忘れて起き上がって尋ねてしまった。

どうやら種明かしをするしかないようである。

「沙羅さんは、俺と結婚したいのではないんですか？」

真相を知ったところで栗栖が意外そうに声を上げた。

「わたくしが好きなのは白野様です。あなたではありません。恋文を他人に自慢する人なんて興味がございませんもの」

沙羅がきっぱりと言った。

「どういうことだ白野？」

栗栖がやや顔色を変えて尋ねた。

「え？　まさか沙羅さんは本当に拙者のことを好いてくださっていたのですか？　てっきり栗栖の代わりに手紙を書いていた拙者に仕返しをするためからかっているのかと」

白野が真面目に言う。

「ちょっといいですか」

手鞠が口を開いた。

全員の視線が手鞠に集まる。注目されるのは苦手だが、この際黙ってられない。

「代書屋の矜持《きょうじ》をこなごなにする言葉をありがとうございます。この半月わたしが書いた手紙を読んでどうしてそんな結論が出るのか語ってください」

沙羅が本当に白野が好きだという気持ちはさんざんしたためてきたつもりだ。そのうえで栗栖を連れて登場というのは馬鹿にするにもほどがある。

「お前は手紙の書き方が下手だ、と言われたようではらわたが煮えくりかえってしまいます。戯《げ》作者《さくしゃ》としてどう思いますか」

手鞠の怒りが伝わったのか、白野は顔を伏せた。

「まあいいじゃないですか。ここは俺に乗りかえれば。俺は大店《おおだな》を継ぐのも悪くないと思ってるんですよ。どうだい？　白野なんかより俺の方がいい男だろう？」

栗栖がしゃあしゃあと余計なことを言う。噂通りの嫌みな人間のようだ。

「脇役は黙っててください。というか、あなたはもう帰っていいですよ」

手鞠は思わず言った。

「でもね。こいつが好きになった女はいままで全部俺がいただいてきたんだ。今回だってそういうことですよ。それにお嬢さんはもともと俺が好きだったんでしょ。両想いでめでたいじゃないかね」

こいつがすべての元凶か。手鞠は思う。なぜ白野が手紙を仲立ちしたのかわかった。沙羅が手紙を書き続けることで、二人が結ばれることを避けたかったのだ。沙羅を栗栖の毒牙《どくが》にかけたくなかったということになる。

それが毒まで飲んだと言われて、つい栗栖を誘ってしまったのだろう。最期には好いた人に会わせてあげようという白野なりの思いやりだったのだ。

おさとがぽんぽん、と手を二回叩《たた》いた。

若い衆が四人入ってくる。

「こちらの方を外にお連れして。塩まくのも忘れないでおくれ」

「へい」

若い衆が返事をすると、栗栖を捕まえた。

「おいおい。なにするんだ。俺はいい話をしただけだろう」

若い衆が栗栖を連れていってしまうと、手鞠はあらためて白野を見た。

「もう一度言いますが、わたしの手紙のどこを読んでいましたか？　上の一文字だけ読んでいたとでもいいますか？」

「すまない」

白野が頭を下げた。

「どうしても自分のことを信じられなかったのだ」

「白野様は傷ついていたのです」

沙羅が間に入ってきた。

「責めないであげてください」

「いや。責めます」

手鞠はさらに言った。

「自分が文章を書く人間なのに、この仕打ちはあんまりです」

白野を睨《にら》む。

「まったく面目ない」

白野がさらに悄然《しょうぜん》とする。

「白野様は悪くありません」

きりりとした表情で沙羅が間に入った。

ちらり、とおさとを見た。

おさとが、沙羅に見えないように両手をあわせる。ここは泥をかぶってくれ、という合図である。

これは踏んだり蹴《け》ったりではないか。そう思ってもどうにもならない。見れば沙羅と白野はうっとりと抱き合っている。

自分が敵になって、のろけを見せられて終わりか。なかなかひどい有様だ。

「まあ、結果として二人が結ばれるならいいですわ」

ため息まじりに言う。

「このお礼はかならず」

おさとが言う。結局気を遣ってくれるのはまわりで、当人は恋に忙しくて手鞠のことなどすっかり忘れているようだ。

恋に忙しいふたりに、なにを言っても意味はないだろう。

やれやれと立ち上がると、部屋から出る。女中が二人見送ってくれた。

「手紙代とは別にお持ちください」

紙に包んだ一朱金だった。

「これは？」

「一朱金です」

「こんなお金、初めて見ました」

一朱金は最近出回りはじめた金だ。噂では聞いたことがあるが見るのは初めてだ。

「お納めください。飲み代にでもしてくださいな」

「ありがとう」

珍しいものを見て少し気持ちが落ち着いた。恋に溺《おぼ》れるというのはああいうことなのだろう。ああいう恋を自分もしたいものだと思う。

挨拶《あいさつ》して陸尺屋敷を出た。

この後どうするか、と考える。

このまま浅草《あさくさ》でなにか飲むか、地元で飲むかの二択だ。とりあえずさっさと飲んで気分を変えたい。

川沿いを歩いていると「ひやめし」という暖簾《のれん》があった。ひやめしが売りというのは珍しい。

川のそばの屋台である。もう何人も客がいて、酒を飲んでいる。

「こんばんは。お酒も冷えてるんですか」

手鞠が声をかける。

「もちろんさ。うちはなんでも冷たいよ。応対もね」

店主がつっけんどんに言う。あんな甘々な二人を見せられた後ではそのくらいがちょうどいい。

「じゃあ冷たいお酒となにかつまみ。初めての店だからおまかせします」

手鞠はそう言うと腰をかけた。

「あいよ」

店主は無愛想な顔のまま冷えた酒を出した。それから小皿に入ったつまみを出す。

「こんにゃくのびりびりだ」

なんだろう。と思って見ると、こんにゃくの上に味噌《みそ》が載っている。別の小皿に辛子も載っていた。

おでんということだろうが、どうしてびりびりなのだろう。

まずは一口食べる。

「うっ」

妙な声が出た。

こんにゃくの上に載っていたのは味噌と唐辛子を練り上げたものだった。口の中がびりびりする。

これに冷酒はなかなかいい。

「つぎはこれね」

店主が出してきたのは握り飯だった。白いご飯のおにぎりである。

「それとこれ」

同時にでてきたのは沢庵《たくあん》であった。

「締めじゃなくてつまみなんですか？」

「いいからやってみな」

言われるままに握り飯をかじる。

普通の握り飯の何倍もの塩味がする。具はない。米をただ塩で握っただけである。

ところがそれがとても美味《おい》しい。

塩たっぷりの冷えた握り飯をかじって冷酒を飲む。

「美味《うま》いいぃぃぃぃぃぃぃ」

思わず声が出た。

冷えた握り飯がこんなに酒にあうとは思っていなかった。沢庵をかじる。麹《こうじ》がかなりきいている甘めの沢庵だ。

ざくり、という食感が歯に気持ちいい。

そのあと酒を飲むと、麹の甘さが酒のいい刺激になる。

これはまずいな、と手鞠は思う。

こんにゃくのびりびり、冷えた握り飯。沢庵。酒。これを繰り返しているときりがなくなるような感じだ。

なんとかこの輪から抜けださないとまずい、と思いつつ握り飯をかじる。やっぱりなんともいえない強烈な塩加減だ。

「癖になりますね」

思わず言う。

「温かい飯だとこうはならないんだよ。冷えた飯がいいんだ。だからひめやし屋」

店主が少しだけ得意そうに言った。

温かいと米の匂いは強いが、冷たい方が米そのものの味を引き立てるのかもしれない。それにしてもこれは危険すぎる。

そう思いながら手鞠は思わずもう一口飲んだのだった。

「美味いぃぃぃぃぃ」

今日あったことなんて全て忘れて、手鞠は大きな声を上げた。

りりりり、と虫が鳴いた。

「いい音色だね」

友蔵が言った。

夏の終わりになると、虫の声が夜を彩る。蟬はもう完全にいなくなって、松虫や鈴虫の声が主流である。

飲み屋も、虫籠《むしかご》を店に置いて音色を楽しませるところが多い。

「ところで、なんでわたしは友蔵さんと飲んでるんでしょう」

手鞠がぶっきらぼうに言う。

「いろいろ世話になってるからね」

友蔵がやわらかく笑う。

世話になっている。というなら、仕事をもらっている手鞠のほうが世話にはなっているだろう。

今日友蔵に誘われたのは、両国の川沿い。といっても両国広小路ではなくて柳橋のさらにはずれの屋台である。

かしこまった料亭でもなく、騒がしい屋台でもない。屋台には違いないが、静かな風情をかもしている店だった。

友蔵との距離は微妙だった。

好かれているのだろう、とは思う。

しかしそれはあくまで推察で、はっきりと言われたわけではない。手鞠が近寄ればあるいはそれが恋というものになるのかもしれなかった。

手鞠としては、恋ということにしたいという気持ちもある。だが、それ以上に、友蔵との半紙一枚へだてたようなもどかしい関係が好ましい。

これは贅沢《ぜいたく》なのかもしれない。

恋ともいえるし、恋でないともいえる。この中途半端な関係をまだ保っていたいと思うのは間違っているだろうか。

依頼主にはさっさと決着をつけさせる「恋文屋」の立場として、自分はどうなのだといいたい。

「お待ちどおさま」

店の人間が酒とつまみを持ってきた。

小皿になにか黒いものが盛ってある。

友蔵が酒を注いでくれた。

「ありがとうございます」

手鞠も注ぎ返す。

皿のつまみに手をつけた。海苔《のり》の佃煮《つくだに》に、叩《たた》いた梅干し、そして味噌《みそ》とさらに唐辛子をあえたものだった。

ひと口食べたあとに冷えた日本酒を流し込む。喉《のど》の奥まで美味《おい》しさが広がる。

声がでそうになるのを抑え込んだ。目の前に友蔵がいるからだ。

「わたしなんかと飲んで楽しいですか？」

なんとなく世間話のようなことを言ってごまかした。

「手鞠ちゃんがつまらないのでなければ、また飲みたい」

「まるで逢引《あいび》きみたいですね」

うっかりと口にすると、友蔵が黙った。

これは気まずい。自分でまいた種とはいえ、この気まずさをなんとかする方法はないだろうか。

「このつまみ。いいですね」

なんとか声を出せた。

「ああ。美味しい」

「この味、好きです」

手鞠が言うと、友蔵が頷《うなず》いた。

「好きだよ」

不意に言われた。

「え？」

問い返すと、友蔵が照れたように笑った。

「この酒がね。好きだ」

「ああ。お酒ね」

勘違いしてしまった。恥ずかしい。

「わたしも好きですよ」

答えると、友蔵が頷いた。

これでいい、と手鞠は思った。

くっつくでもくっつかないでもなく、なんとなくの距離をまだしばらく保っているのが自分には合っている。

それから手鞠はもう一口海苔を食べてから酒を飲んだ。

「本当。好きな味」

りりん、と答えるように鈴虫が鳴いた。

たまには二人の酒もいい。

そう思いつつ、手鞠は喉の奥に酒を流し込んだのだった。

参考文献

江戸晴雨攷　根本順吉　中公文庫

江戸町づくし稿　上中下別巻　岸井良衛　青蛙房

江戸の色里　小野武雄　展望社

江戸物価事典　小野武雄　展望社

江戸庶民風俗図絵　三谷一馬　中公文庫

江戸商売図絵　三谷一馬　中公文庫

江戸吉原図案　三谷一馬　中公文庫

安永期吉原細見集　花咲一男編　近世風俗研究会

江戸生業物価辞典　三好一光編　青蛙房

江戸風俗語辞典　三好一光編　青蛙房

吉原の四季　瀧川政次郎　青蛙房

江戸繁昌記　柳橋新誌　日野龍夫校注　岩波書店

本書は書き下ろしです。

恋《こい》文《ぶみ》屋《や》さんのごほうび酒《ざけ》

神楽坂《かぐらざか》 淳《あつし》

令和３年 ８月25日 初版発行

発行者●堀内大示

発行●株式会社KADOKAWA
〒102-8177 東京都千代田区富士見2-13-3
電話 0570-002-301（ナビダイヤル）

角川文庫 22646

印刷所●株式会社暁印刷
製本所●本間製本株式会社

表紙画●和田三造

ISBN 978-4-04-111169-7 C0193

角川文庫発刊に際して

角　川　源　義

第二次世界大戦の敗北は、軍事力の敗北であった以上に、私たちの若い文化力の敗退であった。私たちの文化が戦争に対して如何に無力であり、単なるあだ花に過ぎなかったかを、私たちは身を以て体験し痛感した。西洋近代文化の摂取にとって、明治以後八十年の歳月は決して短かすぎたとは言えない。にもかかわらず、近代文化の伝統を確立し、自由な批判と柔軟な良識に富む文化層として自らを形成することに私たちは失敗して来た。そしてこれは、各層への文化の普及滲透を任務とする出版人の責任でもあった。

一九四五年以来、私たちは再び振出しに戻り、第一歩から踏み出すことを余儀なくされた。これは大きな不幸ではあるが、反面、これまでの混沌・未熟・歪曲の中にあった我が国の文化に秩序と確たる基礎を齎らすためには絶好の機会でもある。角川書店は、このような祖国の文化的危機にあたり、微力をも顧みず再建の礎石たるべき抱負と決意とをもって出発したが、ここに創立以来の念願を果すべく角川文庫を発刊する。これまで刊行されたあらゆる全集叢書文庫類の長所と短所とを検討し、古今東西の不朽の典籍を、良心的編集のもとに、廉価に、そして書架にふさわしい美本として、多くのひとびとに提供しようとする。しかし私たちは徒らに百科全書的な知識のジレッタントを作ることを目的とせず、あくまで祖国の文化に秩序と再建への道を示し、この文庫を角川書店の栄ある事業として、今後永久に継続発展せしめ、学芸と教養との殿堂として大成せんことを期したい。多くの読書子の愛情ある忠言と支持とによって、この希望と抱負とを完遂せしめられんことを願う。

一九四九年五月三日

角川文庫ベストセラー

秋葉原先留交番《さきどまり》ゆうれい付き　西條奈加

ゆめつげ　畠中恵

つくもがみ貸します　畠中恵

つくもがみ、遊ぼうよ　畠中恵

まことの華姫　畠中恵

ネオンまたたく電気とオタクの街——秋葉原。そこに佇む交番に持ちこまれる、ご当地ならではの「謎」を、オタクの権田と天然イケメンの向谷、凸凹警察官コンビが解き明かす。著者新境地の人情ミステリ！

小さな神社の神官兄弟、弓月と信行。しっかり者の弟に叱られてばかりの弓月には「夢告」の能力があった。ある日、迷子捜しの依頼を礼金ほしさについ引き受けてしまうのだが……。

お江戸の片隅、姉弟二人で切り盛りする損料屋「出雲屋」。その蔵に仕舞われっぱなしで退屈三昧、噂大好きのあやかしたちが貸し出された先で拾ってきた騒動とは!? ほろりと切なく温かい、これぞ畠中印！

深川の古道具屋「出雲屋」には、百年以上の時を経て妖となったつくもがみたちがたくさん！　清次とお紅の息子・十夜は、様々な怪事件に関わりつつ、幼なじみやつくもがみに囲まれて、健やかに成長していく。

江戸両国の見世物小屋では、人形遣いの月草が操る姫様人形、お華が評判に。〝まことの華姫〟は真実を語るともっぱらの噂なのだ。快刀乱麻のたくみな謎解きで、江戸市井の悲喜こもごもを描き出す痛快時代小説。

角川文庫ベストセラー

つくもがみ笑います　畠中　恵

お江戸をひっくり返せ――！　お八つにお喋りの平和な日々が一転、小刀の阿真刀、茶碗の文字茶、馬の置物の青馬ら、新たな仲間の出現で、つくもがみたちが世直し一揆!?　お江戸妖ファンタジー第3弾！

おそろし　三島屋変調百物語事始　宮部みゆき

17歳のおちかは、実家で起きたある事件をきっかけに心を閉ざした。今は江戸で袋物屋・三島屋を営む叔父夫婦の元で暮らしている。三島屋を訪れる人々の不思議話が、おちかの心を溶かし始める。百物語、開幕！

あんじゅう　三島屋変調百物語事続　宮部みゆき

ある日おちかは、空き屋敷にまつわる不思議な話を聞く。人を恋いながら、人のそばでは生きられない暗獣〈くろすけ〉とは……宮部みゆきの江戸怪奇譚連作集「三島屋変調百物語」第2弾。

泣き童子　三島屋変調百物語参之続　宮部みゆき

おちか1人が聞いては聞き捨てる、変わり百物語が始まって1年。三島屋の黒白の間にやってきたのは、死人のような顔色をしている奇妙な客だった。彼は虫の息の状態で、おちかにある童子の話を語るのだが……。

三鬼　三島屋変調百物語四之続　宮部みゆき

此度の語り手は山陰の小藩の元江戸家老。彼が山番士として送られた寒村で知った恐ろしい秘密とは!?　せつなくて怖いお話が満載！　おちかが聞き手をつとめる変わり百物語、「三島屋」シリーズ文庫第四弾！

角川文庫ベストセラー

あやかし草紙　三島屋変調百物語伍之続　宮部みゆき

「語ってしまえば、消えますよ」人々の弱さに寄り添い、心を清めてくれる極上の物語の数々。聞き手おちかの卒業をもって、百物語は新たな幕を開く。大人気「三島屋」シリーズ第1期の完結篇！

悪玉伝　朝井まかて

大坂商人の吉兵衛は、風雅を愛する伊達男。兄の死により、将軍・吉宗をも動かす相続争いに巻き込まれてしまう。吉兵衛は大坂商人の意地にかけ、江戸を相手の大勝負に挑む。第22回司馬遼太郎賞受賞の歴史長編。

雷桜　宇江佐真理

乳飲み子の頃に何者かにさらわれた庄屋の愛娘・遊（ゆう）。15年の時を経て、遊は、狼女となって帰還した。そして身分違いの恋に落ちるが――。数奇な運命を辿った女性の凛とした生涯を描く、長編時代ロマン。

三日月が円くなるまで　小十郎始末記　宇江佐真理

仙石藩と、隣接する島北藩は、かねてより不仲だった。島北藩江戸屋敷に潜り込み、顔を潰された藩主の汚名を雪ごうとする仙石藩士。小十郎はその助太刀を命じられる。青年武士の江戸の青春を描く時代小説。

通りゃんせ　宇江佐真理

25歳のサラリーマン・大森連は小仏峠の滝で気を失い、天明6年の武蔵国青畑村にタイムスリップ。驚きつつも懸命に生き抜こうとする連と村人たちを飢饉が襲い……時代を超えた感動の歴史長編！

角川文庫ベストセラー

夕映え　(上)(下)　宇江佐真理

江戸の本所で「福助」という縄暖簾の見世を営む女将のおあきと弘蔵夫婦。心配の種は、武士に憧れ、職の落ち着かない息子、良助のことだった…。幕末の世、市井に生きる者の人情と人生を描いた長編時代小説！

口入れ屋おふく
昨日みた夢　宇江佐真理

逐電した夫への未練を断ち切れず、実家の口入れ屋「きまり屋」に出戻ったおふく。働き者で気立てのよいおふくは、駆り出される奉公先で目にする人生模様から、一筋縄ではいかない人の世を学んでいく——。

はなの味ごよみ　高田在子

鎌倉で畑の手伝いをして暮らす「はな」。器量よしで働きものの彼女の元に、良太と名乗る男が転がり込んできた。なんでも旅で追い剝ぎにあったらしい。だが良太はある日、忽然と姿を消してしまう——。

はなの味ごよみ
願かけ鍋　高田在子

鎌倉から失踪した夫を捜して江戸へやってきたはなは、一膳飯屋の「喜楽屋」で働くことになった。ある日、乾物屋の卯太郎が、店先に幽霊が出るという噂で困っているという相談を持ちかけてきたが——。

はなの味ごよみ
にぎり雛　高田在子

桃の節句の前日、はなの働く一膳飯屋「喜楽屋」に、降りしきる雨のなかやってきた左吉とおゆう。何か思い詰めたような2人は、「卵ふわふわ」を涙ながらに食べた後、礼を言いながら帰ったはずだったが……。